마민카 식당에
눈이 내리면

마민카 식당에 눈이 내리면

조수필 지음

작가의 말

    2022년 끝자락에 품기 시작한 이야기를 일년 여 만에 품 안에서 떼어내려 합니다. 시작할 때의 마음가짐은 '두 번째 책은 소설이면 어떨까?', '겨울을 배경으로 하는 힐링 소설이면 좋겠다.' 였는데요. 겨울과 소설. 그리고 프라하. 이 세 가지 키워드가 제 마음에 명징하게 새겨졌던 거죠. 그 후로 네 번의 계절이 피고 지는 동안에도 저는 늘 겨울을 살았습니다. 내 손 끝에서 태어난 인물들이 낯선 땅에서 눈보라를 맞으며 떨고 있었으니까요. 매일 그들의 안부를 살폈습니다. 등장인물들의 안위를 물으며 다음 이야기를 이어나가는 것이 지난 일년 간의 주요한 일과 중 하나였는데 더는 그럴 필요가 없게 되었네요. 그래서 아쉽지만, 그럴 수 있어서 다행이다 싶어요. 생애 첫 소설을, 그 첫 회를 써내려 갈 때의 두근거리면서도 막막했던 심경이 아직까지 생생하거든요. 금방이라도 꺼질 듯한 작은 촛불 하나에 의지하며 캄캄한 터널 속으로 걸어 들어가는 것만 같았던 그날의 소회를 떠올리니 오늘이 온 것이 꿈만 같습니다.
    어쩌면 소설이란 것 또한 꿈을 꾸는 것과 다르지 않겠구나, 하는 생각을 해보았어요. 현실도 비현실도 아닌 그 중간 어디쯤으로 나를 끌고 가니까요. 그런 의미로, 당신이 이 책을 읽는 동안에는 무엇에도 방해받지 않기를 바랍니다. 오롯이 당신만의 꿈을 꾸었으면 좋겠습니다. 마지막 책장을 덮는 순간에는 나쁘지 않은 여행이었다고 말할 수 있기를 고대합니다. 스산한 겨울날 카렐교 위의 수빈도, 텅 빈 마음으로 마민카식당을 지키던 해국도, 어디로 튈지 모르는 럭비공 같은 지호도, MZ세대의 고충을 슬기롭게 헤쳐 나갈 단비도 각자의 자리에서 행복해지길 응원합니다.

주인공들이 서 있는 무대가 체코의 수도인 프라하라는 것. 그것만 걷어내면 보이실 거예요. 우리 주변에는 무수히 많은 수빈과 해국, 지호와 단비가 있습니다. 내 친구일 수도, 내 가족일 수도, 어쩌면 나일 수도 있겠죠. 그래서 쓰는 내내 마음 끝이 아렸습니다. 어떤 날에는 대사 한 구절을 쓰다가 마음이 뭉근해져서 그만 눈물샘이 터지기도 했고요. 또 어떤 날에는 해사하게 웃음 짓는 그 얼굴, 그 면면들이 그려져 배실거리기도 했는데요. 이제는 그 모든 순간들을 슬그머니 놓아줄 때가 되었네요. 그래야 이들이 제 손을 떠나 당신의 손으로, 눈으로, 마음으로 걸어 들어갈 수 있을 테니까요.

지금 당신은 어느 계절을 살고 있나요? 오늘, 마민카식당에는 솜털 같은 눈송이들이 벅차게 쏟아지고 있습니다.

2023년 11월 25일, 체코 오스트라바에서

카렐교의 구원 9

마민카식당 15

겨울에 온 손님 23

주변인들의 식사 30

왜 빨간지붕일까 39

소문의 위력 49

선 밖으로 걸을 용기 59

올드타운 69

프라하 6구역 78

화이트 모닝 87

공간이 주는 의미 94

볼티바강의 휴일 101

주말은 쉽니다 109

보통의 겨울날 116

별 거 없는 하루 끝에 126

새 구두를 사야해 132

사사로운 과거 139

에볼린의 초대 149

파티, 그 후 164

벽을 허물어야 할 시간 176

시나브로, 봄 187

카렐교의 구원

수빈은 블타바강을 가로지르는 카렐교 한복판에 멈춰서 있다. 길이가 520m에 달할 만큼 장엄한 대교이지만, 지금 이 순간 이 거리를 지나는 이는 수빈을 포함해도 열 명이 채 되지 않는다. 드넓은 카렐교에 간헐적으로 흩어져 있는 행인들. 그 중에 가장 눈이 가는 인물은 방금 전에 수빈을 스쳐 지나간 노인이다. 세상의 모든 색과 이별하고 무위의 경지로 헐벗은 겨울나무처럼, 남루한 차림으로 구부정히 걸어가는 뒷모습을 수빈이 맥없이 바라본다. 천천히 멀어져 가는 그의 왼손에는 하얀 봉지 하나가 들려 있다. 투명한 비닐봉지가 내용물을 여지없이 드러내는 바람에 어쩔 수 없이 보고 만 것은, 다름 아닌 로흘릭. 로흘릭(rohlik)은 체코인들의 주식이다. 한국인들이 쌀을 먹듯 체코인들은 로흘릭으로 허기를 달랜다. 식사빵으로 모양새가 독특해서 멀리서도 쉽게 알아볼 수 있다. 수빈의 손바닥 크기를 약 3cm 정도 넘어가는 길쭉한 생김인데, 굳이 묘사를 하자면 완만한 초승달 모양이다. 바게트에 비하면 부드러운 식감이지만 그렇다고 말랑하다고 말할 정도는 아니다. 입으로 베어물 때 거부감이 없는 정도의 질감을 지녔는데 씹을수록 짭조름하고 고소해서 은근히 중독되는 그런 맛이랄까. 노인은 대여섯 개의 로흘릭이 담긴 봉지를, 장갑도 없이 맨손으로 움켜쥐고 있다. 추위에 대한 감각 따위는 오래전에 상실한 사람처럼 태연하게 손을 내놓고 있지만… 수빈은 보았다. 새빨갛다 못해 검붉어져 가는 그의 손등 위로 지독한 한파가 불고 있다는 것을. 그 광경을 계속 보고 있기가 곤혹스러워 질끈 눈을 감는다. 그러고는 머릿속으로 부유하는 감정들을 떠오르는 대로 나열해 본다. 고요하고 허허롭다. 쓸쓸하고 황량하다. '겨울의 정수를 껴안은 카렐교는 사무치게 애잔하구나' 하는 생각을 하면서 감았던 눈꺼풀을 들어 올린다. 수빈의 눈앞에 다시 카렐교가 펼쳐진다. 구시가지에서 프라하성으로 이어지는 물 위의 통로. 14세기에서 21세기를 잇는 세월의 가교. 유구한 역사가 깃든 이 다리에는 고유의 아우라가 있다. 무언가 엄청난 이야기를 품고 있을 것만 같은, 이를테면 비장함 같은 것.

'어쩌면 카렐교는 답을 알고 있을지도 몰라.'

터무니없는 생각인 줄 알면서도 수빈은 사고를 멈출 수가 없었다. 상상이 갈망으로 깊어지는 날에는 꿈속에서도 이 길을 거닐었다. 아득하게 아름다운 카렐교를 걷고, 또 걷고, 하염없이 걸었다. 그러다 깨어난 아침에는 몸살이라도 난 것처럼 온몸이 아프기도 했다. 어쩌면 육신이 먼저 알고 있었는지도 모른다. 미래의 오늘, 이곳에 서 있을 수빈의 모습을.

'이렇게 추운 곳인지 그때는 왜 몰랐을까.'

변한 건 이곳이 아니라 수빈의 계절이다. 프라하의 겨울은 줄곧 그래왔듯이 올해도 그저 예년만큼 춥다. 만물을 움츠러들게 만드는 한파가 연일 기승을 부리는, 지극히 일반적인 체코의 동절기를 보여준다. 다리도 강물도 인간의 마음까지도, 영향권 안에 있는 건 뭐든 먼지 한 톨도 남김없이 모조리 얼려버릴 기세다. 수빈은 그 위력에 압도될 때마다 자신이 얼마나 나약한 존재인지를 체감한다. 자연이 하는 일, 그 힘 앞에 그저 납작 엎드린 한낱 인간일 뿐. 초라하기 그지없는 일개 미물임을 순순히 인정할 수밖에 없다. TV건 라디오건 채널만 돌렸다 하면 아우성이다. 아마도 오늘이 올해 들어 가장 추운 날이 될 거라고 입을 모은다. 체코어에는 젬병이지만 뉘앙스만으로도 충분히 알아챌 수 있다. 유럽계 방송인들의 격앙된 목소리라든지, 과한 표정이라든지, 한껏 움츠러뜨린 어깨라든지 하는 것들이 말을 걸어온다. 때로는 열 마디 말보다 하나의 제스처가 더 확실한 언어가 되기도 하는 법.

아무튼 수빈은 지금의 상태가 꽤 만족스럽다. 언어의 장벽도 계절의 한계도 상관없다. 그녀에게 주어진 오늘은 듣고 싶지 않은 말들로부터 자신을 격리한 결과이니까. 덕분에 좀 살 것 같다. 이제야 겨우 숨이 쉬어진다…. 지금으로서는 이 이상 더 바랄 것이 없다. 수빈이 새벽녘에 찾아본 기상예보가 틀리지 않았다면, 오후 네 시를 지나는 현재 기온은 영하 9도까지 떨어졌을 것이다. 각오도 했고 무장도 했다. 나름대로는 제법 껴입었다 싶었는데 채비가 허술했던 걸까. 실오라기 하나 걸치지 않은 것처럼 온몸이 빠르게 얼어붙는다. 사방으로 불어오는 칼바람에 제대로 서 있기조차 힘에 겹지만, 그보다 견디기 힘든 건 밖이 아니라 그녀 안에서 휘몰아친다.

5월이었다. 세상의 모든 불행을 녹일 듯이 영롱하게 쏟아지던 햇살과 바람직하게 푸르던 하늘빛. 그의 품처럼 따스하던 공기의 농도까지, 그날은 생애 가장 완벽한 봄날이었다. 카렐교의 상징인 열여섯 개의 아치. 그 사이로 유유히 흐르던 블타바강의 고혹한 자태와 그 위에 누워있던 몇 척의 유람선. 그 모든 생김이 지나치리만큼 또렷한데. 여전히 눈이 부시게 생생한데... 완전무결한 줄로만 알았던 그림에 돌이킬 수 없는 흠집이 생겨버렸다.

이별은 수빈에게 많은 것을 알려주었다. 한 사람을 잃는다는 건 하나의 세계를 잃는 것이며 사람을 떼어내는 것보다 괴로운 건 추억이 무너지는 일이라는 걸, 끝내 알아버리고 말았다. 그가 떠난 후로 한동안은 잊어야 한다는 강박에 시달렸다. 한데, 기억이라는 건 그런 거였다. 부정하려 애를 쓸수록 도망치려 발버둥을 칠수록 오히려 더 선명해지는 죄악 같은 것. 과거가 잔인한 이유는 생채기를 낸 순간들은 점점 뿌옇게 옅어지고 달콤한 기억은 되려 더 짙게 미화되기 때문이라고, 수빈은 그렇게 체념하고 있다.

"우리 신혼여행 말이야. 여기로 오길 잘한 것 같아. 현실에서 비현실로 순간 이동을 하면 이런 기분일까? 꿈속에 있는 것 같기도 하고... 여기는 마치 살아있는 동화 같아."

3년 전, 같은 자리에 서서 수빈이 쏟아냈던 말들이다. 미소 어린 얼굴로 흐뭇하게 들어주던 그는 허니문에 걸맞은 다짐 섞인 말들을 돌려주었다.

"결혼 10주년 되면 또 올까? 아니다. 그건 너무 머니까… 그래! 5주년 괜찮네! 우리 5년 뒤에 꼭 다시 오자. 어때?"

그날의 우리. 그날의 환희. 그날의 약속들은... 모두 어디로 흩어졌을까. 그와 함께 나눈 모든 것들의 행방이 묘연하다. 영원하리라 믿었던 사랑은 한순간에 물거품이 되어 허공으로 흩어지고 말았다. 수빈이 이 사실을, 사실로 받아들이기까지는 꽤 오랜 시간이 필요했다.

 겨울에서 봄, 봄에서 여름, 여름에서 가을…

 계절이 세 번이나 바뀌는 모습을 꺼져가는 눈으로 그저 지켜만 보았다. 그대로 돌이 되어도 상관없겠다 싶은 나날이었다. 그런 와중에도 시간은 성실히 흘러, 가을에서 다시 겨울로 물들던 어느 날… 수빈은 아무도 모르게 집을 나섰다. 마치 처음부터 그곳에 없었던 존재처럼 소리 소문도 없이 흔적을 지우고 떠나왔다.

 "이제야 정말로 혼자가 된 기분이야."

 잔잔한 강물을 향해 낮지만 분명한 어조로 속삭이는 그녀. 수중에 남은 건 쓸모를 잃은 추억뿐이다. 한 줌의 미련도 없다면 거짓말일 테지만 그마저도 남김없이 덜어내야 한다. 기필코 그래야만 한다. 머리로는 충분히 받아들였는데 말썽을 부리는 건 언제나 마음이다. 이번에도 뜻대로 되지는 않겠지만 그렇다고 언제까지나 망연히 있을 수는 없다. 함께한 기억을 말끔히 지워버릴 수 없다면 1인분의 몫만 남기고 싶다. 다시 혼자가 되었으니 다시 혼자서 감당할 수 있을 만큼, 딱 그만큼만.

 이 겨울, 수빈이 프라하에서 바라는 건 오직 그것뿐이다.

마민카식당

짜라랑. 찬 공기를 머금은 바람이 좁은 골목을 휘감을 때마다 문밖에 걸어둔 은색 풍경이 방정맞게 춤을 춘다. 물고기 모양을 한 제법 커다란 종을 달아놓았음에도, 해국은 때때로 그 소리를 놓칠 때가 있다. 틈만 나면 혼자만의 늪에 빠지는 해국은 이곳이 일터라는 사실을 종종 망각한다. 평온하다 못해 적막하기까지 한 식당을 깨우는 건 대부분 지호의 몫이다.

"음음!"

인기척에 흠칫한 해국이, 방문한 이의 얼굴을 확인하기도 전에 반사적으로 입을 뗀다.

"안녕하... 아! dobry den~."

그 모습을 처음부터 지켜보고 있던 지호는, 상황이 재밌다는 듯 느닷없이 손님 행세를 하며 짓궂은 표정으로 일갈한다.

"거, 주인장! 젊은 양반이 어디다 정신을 팔기에 손님이 들어오는 줄도 모릅니까? 예?"

긴장으로 살짝 경직됐던 해국의 표정이 지호가 떠는 너스레에 보기 좋게 풀린다.

"형을 놀려 먹으니 재밌냐?"

지호가 배시시 웃는다. 껄껄거릴 때마다 표나게 드러나는 목젖. 우람한 체격은 아니지만 그렇다고 왜소한 편도 아니어서 적당히 보기 좋은 다부진 어깨. 왼쪽 목덜미에 푸른색으로 그려 넣은 작은 새 그림 타투. 아무런 무늬도 없는 헐렁한 티셔츠와 트레이닝 팬츠까지, 올블랙 착장으로 무장해제된 자유로운 영혼. 유지호. 녀석이 흰색 운동화에 욱여넣은 큼직한 두 발로 성큼성큼 걸어온다. 카운터 앞자리에 있는 상석으로 다가오더니 의자 하나를 슬며시 빼며 말을 잇는다.

"오늘 점심땐 손님 좀 있었어? 설마 또 공친 건 아니지?"

의자 등받이에 상체를 늘어뜨린 지호가 부릅뜬 눈으로 빈 테이블들을 훑으며 단골 멘트를 날리자, 해국이 더는 못 참겠다는 듯 쏘아붙인다.

"야! 너! 내가 그 질문 금지라고 했지?

넌 애가 기억력이 나쁜 거냐, 인성이 나쁜 거냐?"

애써 평정을 유지해 온 해국의 감정선이 일순간 뒤틀리고 만다. 이럴 때마다 불쑥 나타나는 과거의 한 장면은, 그러잖아도 시끄러운 마음을 더욱 신명 나게 헤집어 놓는다. 공무원증을 반납하고 뒤돌아서던 그날의 복잡하고 다단했던 심경이 이역만리까지 쫓아와 집요하게도 못살게 구는 것이다. 끈질긴 기억의 단편은 꼭 주방 선반에 줄 세워놓은 양념들 같다. 어떤 날은 소금처럼 짜고, 어떤 날은 고춧가루처럼 맵다. 해국을 그런 상태로 밀어 넣는 것도 그곳에서 끌어내는 것도 지호뿐이다. 적어도, 지금은 그렇다.

"형! 자존심 부릴 때가 아니잖아. 까놓고 이 황량한 땅덩이에서 형을 진심으로 걱정해 줄 사람이 나 말고 또 누가 있냐고. 안 그래?"

해국은 긍정도 부정도 할 수가 없다. 목구멍까지 차오른 말을 뱉는 대신 조용히 내면으로 가라앉는 선택을 한다. 그러면서 생각한다. 이 녀석이 진짜 동생이면 좋겠다고. 험난한 세상에 이런 피붙이 하나만 있으면, 그래도 버틸 만하겠다고. 하지만 차마 이 말만은 입 밖으로 꺼내지 못한다. 그저 말뿐인 농이라 해도 육성으로 옮겨 담는 순간, 어렵게 잠재운 지난날의 감정들이 뜨거운 액체를 타고 홍수처럼 터져 나올 것만 같다. 귀소본능이 탑재된 인간으로 살면서 뿌리를 잃은 채로 살아간다는 게 어떤 기분인지 녀석에게는 아무리 말해주어도 이해하기 어려울 테니 말이다. 꺼내지 못한 말들은 그냥 그렇게 꺼내지 않은 채로, 입안에 잠시 머금다 몰래 삼키기로 한다.

"너, 가! 너 때문에 올 손님도 안 오는 거잖아. 나가, 얼른!"

겨울이라 그런 걸까. 타국이라 그런 걸까. 속수무책으로 나약해진 속내를 들키지 않으려면 야속하긴 해도 이게 최선이다. 눈치도 없이 입바른 소리만 골라서 하는 녀석과 톡 건드리기만 해도 터질 것 같은 자신을 격려하는 것. 코로나19가 알려준 그것. 해국은 지호와의 거리 두기를 시전한다.

"아니 이런 식으로 손님을 푸대접하는 게 어디 있어!

형! 나도 손님이라니까."

졸지에 물 한 잔도 못 얻어먹고 박대를 당한 지호는 골목이 떠나가라 소리를 지르며 억울함을 호소하는 중인데, 해국은 조금도 아랑곳하지 않는다. 어차피 혼자이지만 지금은 더 능동적으로 혼자이고 싶기에, 굳게 걸어 잠근 문을 당장은 열 마음이 없다. 그렇게 5분. 그렇게 10분. 시간이 얼마나 지났을까. 문고리를 잡고 뒷짐을 진 채로 한참을 벌서듯 서 있었던 해국이 천천히 몸을 돌려 밖을 본다.

"정말 간 건가? 휴…"

소란스러웠던 주위가 잠잠해진 걸 보니 지호가 돌아간 모양이다. 짧은 독백으로 숨을 고른 해국은 카운터 안쪽 선반에 가지런히 접어두었던 겨자색 카디건 스웨터를 주섬주섬 꺼낸다. 목덜미까지 올라오는 카디건의 앞섶을 단정히 여미고는 마침내 문을 열었다. 스르륵 열린 문틈으로 훅~ 냉기가 불어온다. 살갗에 닿는 바람이 차갑고도 차갑게 에인다. 그 바람에 왼쪽 눈언저리가 격하게 일그러지는데, 꽤 쌀쌀하긴 해도 못 견딜 정도는 아니어서 그대로 골목 어귀까지 걸어 나간다. 저벅저벅. 해국이 걸음을 옮길 때마다 묵직하면서도 어딘가 모르게 안정감을 주는 소리가 난다. 적당히 닳은 신발의 밑창이 지표면과 부딪히는 소리. 저벅저벅. 세상의 끈을 잃어버린 청년이 또 다른 탯줄을 찾아 태동하는 소리. 그렇게 스무 걸음 정도 멀어지니 'Maminka'라 적힌 간판이 한눈에 담긴다. '마민카'는 체코어로 '엄마'라는 뜻이다. 처음 보는 것도 아닌데 간판에 새겨진 글자들이 묘하게 생경하다. 마민카. 엄마. 어머니… 멀찌감치 떨어져서 식당을 바라보는 해국의 눈빛이 그윽하게 무겁다. 그런 그를 그냥 지나칠 리 없는 옆 가게 사장님, 에블린. 그녀가 해국 옆에 나란히 섰다.

"뭘 그렇게 봐? 간판이 뭐가 잘못됐어?"

예고 없이 들어온 에블린의 개입이 해국의 생각을 정지시켰다. 당황한 해국은 연신 손사래를 치며 표정을 감춘다. 다 큰 청년이 엄마 생각에 눈시울을 붉혔다고 솔직하게 말할 수도 없는 노릇이고, 이렇게 난감할 때는 대충 얼버무리며 화제를 돌리는 게 상책이다.

"아뇨. 그런 건 아니고요. 아! 어디 다녀오세요?"

에블린도 더는 묻지 않겠다는 듯, 큰 눈을 한번 끔뻑이며 능숙하게 다음 말을 받는다.

"해질 때 되니까 출출해서 견딜 수가 있어야지. 잠깐 가게 문 닫아놓고 길 건너 빵집에 가서 콜라체 몇 개 사 왔지. 먹어 볼래?"

콜라체는 체코인들이 즐겨 먹는 전통 빵이다. 식사 빵인 로흘릭은 심심한 맛으로 먹는 데 반해, 콜라체에는 우리가 빵에 기대하는 달콤한 즐거움이 가득하다. 아주 작은 동네 빵집에도 있을 만큼 대중적인 간식이다. 과일과 견과류로 속을 채우고 치즈를 듬뿍 뿌려서 만드는데 레시피가 간단해서 집에서도 쉽게 구울 수 있다. 물론 집집마다 만드는 방식은 제각각이겠지만 어떻게 만들어도 맛은 고만고만하다. 그래도 미묘한 차이는 있다. 모든 음식의 맛을 결정짓는 최후의 요소는 만드는 사람의 정성과 나누는 이의 온정일 테니까. 그런 의미에서 해국은 에블린이 건넨 콜라체를 마다하지 않는다. 아이처럼 해사한 얼굴로 고맙게 받아 든다. 그러고는 엄마뻘 되는 그녀가, 그녀의 세탁소로 들어가는 뒷모습을 끝까지 지켜본 후에야 크게 한 입 베어 본다.

"음~ 이래서 단것도 좀 먹어야 한다니까."

고작 빵 한입에 기분이 슬며시 나아지고 있다는 게, 스스로도 어처구니가 없어서 실소가 터진다. 그러다 이내 깨달았다. 실은 '고작' 빵 하나가 아닌 거라고. 실로 엄청난 위로를 받은 거라고. 그런 생각이 들자 남은 빵을 더 맛있게 먹고 싶은 의지가 생긴다. 나머지는 식당으로 돌아가 따뜻한 커피와 함께 먹으려 아껴두기로 한다. 마음이 동하자 걸음도 한결 빨라진다. 다시 가게 앞에 선 해국. 어떤 결의를 품은 사람처럼 진지한 얼굴로 나직한 음성을 퍼뜨린다.

"잘 부탁해. 이제 내가 있어야 할 곳은 여기뿐이야."

짜랑짜그랑. 길게 늘어진 풍경이 답이라도 건네듯 또 한번 바람에 나부낀다. 차갑지만 경쾌한 리듬이 묘한 안정감을 주는 소리가 해국의 심연을 건드린다. 그 소리를 들으며 입구에 놓인 세 개의 돌계단을 하나씩 딛고 올라선다. 180cm인 해국보다도 두 뼘 정도는 더 키가 큰 담갈색 나무 문이 장승처럼 서서 앞을 가로막았다. 마치 어떤 세계와 또 다른 세계를 분리하기 위해, 그런 막중한 임무라도 부여받은 것처럼 굳건하게. 엄숙하고도 충직하게 서서 해국을 바라본다. 문은 단지 문일 뿐인데도 말이다. 그런 마음이 일어서일까. 장수의 호위를 받으며 안으로 들어선 것처럼 기분이 한결 편안해진다. 눈에 보이지 않는 감각기관만 그런 게 아니라 피부로 느껴지는 온도에도 변화가 생겼다. 잠깐 사이에 겨울을 건너 봄으로 온 것처럼 따스하다. 문 하나를 사이에 두고 이렇게나 바뀌다니. 마땅한 일임에도 새롱스럽게 기이하다는 생각을, 해국은 입었던 외투와 함께 벗어둔다.

그리고 그 옆에 내려놓은 빵 하나. 에블린에게서 받아온 콜라체를 보니 아까부터 떠올렸던 커피 한 모금이 더욱 간절해진다. 무슨 원두가 좋을까, 하고 즐거운 고민을 하며 커피 머신 쪽으로 걸어가고 있는데 또다시 요란한 풍경음과 함께 문이 열린다.

"야! 너, 형이 오늘은 그냥 가라고…"

당연히 지호겠거니, 하고 쏟아낸 말인데 상대는 아무런 반응이 없다. 그제야 꺼림칙함을 느낀 해국이 주방으로 향하던 발길을 멈추고 휙 하니 돌아본다.

"아… 저기… 벌써 영업이 끝났나요?"

지호가 아니다. 얼핏 또래로 보이는 한국 여성이 못 올 곳에 온 건가, 하는 얼굴로 멀뚱히 서서는 맞은편에 선 해국을 가만히 응시하고 있다. 눈처럼 희고 겨울나무처럼 창백한 얼굴로.

겨울에 온 손님

 새하얀 수성페인트를 칠해놓은 벽면에는 해국이 직접 찍은 흑백사진들이 일정한 간격을 두고 가지런히 걸려있다. 어림잡아 예닐곱 장은 돼 보인다. 입구를 들어섰을 때의 기준으로 서열을 매기면, 오른쪽 벽면의 가장자리를 차지한 스틸컷이 첫 번째 작품이 된다. 지름 1.5cm의 검은 테두리를 두른 심플한 액자 속에 프라하 구시가지의 풍경이 멋스럽게 담겨있다. B4용지만 한 인화지에서 가장 큰 비중을 차지하는 건 달리는 노면전차다. 유럽의 낭만을 상징하는 트램(tram-train). 그 차창마다 눈꽃 무늬 LED가 장식된 걸로 보아 사진 속의 계절도 겨울임을 짐작할 수 있다. 유리창의 반 이상을 가린 눈꽃 조명 사이로 엉거주춤한 자세를 취하고 있는 유러피안 남성, 이 대목이 씬스틸러다. 엉덩이를 어정쩡하게 빼고 있는 폼으로 봐서는 서려는 건지 앉으려는 건지 도무지 가늠이 안 된다. 흔들리는 전차의 긴박함 따위는 대수롭지 않다는 듯, 덥수룩하게 기른 오렌지색 턱수염을 태연히 쓸어내리고 있는 사내의 왼손. 그 모습을 유심히 들여다보던 수빈이 감상평 같은 말을 읊조린다.

"묘하게 끌리는 사진이네."

한 걸음 뒤에서 메뉴판을 들고 서 있던 해국이 이때다, 하고 끼어든다.

"본 투 비 여유에서 나오는 유러피안 특유의 멋이라고 봐야 할까요, 아니면 순간 포착 카메라에 대응하는 허세라고 봐야 할까요?"

그제야 자신이 음식은 주문도 않고 사진에 빠져있다는 걸 알아차린 수빈이 겸연쩍은지 못내 어색한 웃음을 짓는다.

"죄송해요. 저야말로 여유를 부렸네요. 그거, 저 주시는 거죠?"

메뉴판을 내밀던 손을 거두고 다시 수빈을 올려다보는 해국. 창가 자리에 놓인 원형 테이블로 가벼운 눈짓을 보내며 뒷말을 잇는다.

"그보다... 계속 그렇게 서 계실 건 아니죠?"

수빈은 그럴 리가 있겠냐는 표정을 지으며 해국의 말이 채 끝나기도 전에 걸음을 뗀다. 식당 주인이 골라준 자리로 가서 의자를 빼려고 몸을 살짝 숙이는데, 그 찰나에 왼쪽 어깨에 아슬하게 걸려 있던 베이지색 토트백이 툭하고 떨어진다. 적절한 비유인지는 모르겠지만 수빈은 이럴 때마다 작은 해방감을 느낀다. 가방은 시작에 불과하다. 무릎까지 내려오는 카멜색 롱코트를 벗는 동안에는 갑옷이 떨어져 나가는 상상을 한다. 비단 코트에서 끝나지 않는다. 목에 두른 회색 머플러까지 완전히 풀어 헤친 후에야 자리에 앉을 수 있는 신세라는 게 자못 못마땅하면서도 실없이 웃음이 난다. 한 걸음 뒤에서 그 모습을 지켜보고 있던 해국의 입가에도 엷은 미소가 번진다.

"보시면 아시겠지만 메뉴랄 게 없어요. 개업한 지 얼마 안 돼서요. 아직 손볼 게 많네요."

수빈이 메뉴를 살피는 동안 초보 사장인 해국은 궁색한 변을 늘어놓느라 진땀을 뺀다.

"어쩐지. 그랬구나. 이 골목이요, 제가 자주 오던 길인데 여긴 처음 본다 했거든요."

관심을 보이는 수빈에게, 해국은 기다렸다는 듯이 준비한 답을 꺼낸다.

"이제 보름 정도 됐어요. 홍보에 더 신경을 써야 하는데 뭘 어떻게 해야 하는지도 잘 모르겠고... 아후~, 처음이라 미숙한 것 투성입니다."

단이 낮은 흰색 스니커즈 위로 카키색 면바지와 별다른

프린팅이 없는 베이지색 상의를 받쳐 입은 해국. 수수한 듯 맵시 있는 외모와 달리 소탈한 말투로 스스럼없이 말을 거는 그가 수빈은 당황스럽기도 하고 정겹기도 하고. 아무튼 새롭다. 'Maminka'라 적힌 무채색 앞치마를 허리춤에 두르지 않았다면, 해국이 이 식당의 주인이라는 사실을 아무도 눈치채지 못할 거라고, 수빈은 속으로 생각한다.

"제가 별소릴 다하죠. 음식은 어떤 걸로 하시겠어요?"

"아! 메뉴!"

수빈은 해국의 말이 끝날 때까지 차분히 기다렸다가 이제야 메뉴판을 펼치고 있다. 해국이 손수 적은 듯한 정갈한 글씨들 속에서 단어 하나를 입술로 길어 공기 중에 퍼뜨린다.

"음... 마민카 정식으로 할게요."

수빈이 마민카 정식을 고른 데에는 부연으로 적힌 깨알 같은 설명글이 한몫했다. '마민카 정식은 매일 다른 메뉴를 맛볼 수 있는 가정식입니다. 특별하진 않아도 끼니마다 달라지는 어머니의 집밥처럼 그날그날 재료에 따라 바뀌는 셰프의 추천메뉴를 만나보세요.'라고 쓰여 있는 소담한 글귀가 그녀의 마음을 붙들었다. 그래서 궁금해진다. 해국이 고심해서 준비했을 오늘의 메뉴가 무엇인지. 정갈한 글씨를 쓰는 남자의 정갈한 밥상은 어떤 그림일지. 빨리 보고 싶어진다. 그런데 정작 그 일을 해내야 할 식당 주인의 표정이 심드렁하다.

주문을 받고 돌아선 해국의 얼굴에는 여러 가지 감정이 뒤섞여 인다. 손님인 수빈에게는 상냥한 말투로 "네네" 했지만, 속사정은 그렇지가 못하다. 오후 여섯 시를 넘기기 전에 간신히 마수를 하게 된 것에 안도해야 하는지, 아니면 땅이 꺼져라 통곡이라도 해야 하는 것인지, 갈피를 잡지 못했기 때문이다. 해국은 드러낼 수 없는 미묘한 감정을 안고 주방으로 사라진다. 그 후로 몇 분이나 흘렀을까. 이내 들려오는 귀에 익은 소리에 수빈의 달팽이관이 민감하게 반응한다.

툭탁탁. 타닥타그닥.

도마와 칼과 자잘한 식기들이 정답게 부딪치는 소리가 커다란 공명을 만들어 내고 있다. 그 파장은 수빈의 잠든 기억까지 불러냈다. 부지불식간에 깨어난 과거의 단면을 실눈으로 들여다보는 수빈. 그녀에게도 그런 저녁이 있었다. 특별한 일이 없는 날에는 퇴근길마다 단골 마트에 들르곤 했다. 양손 가득 무겁게 장을 봐다가 부랴부랴 집으로 향하던 발걸음. 그가 돌아올 시간에 맞추어 쌀을 씻고 밥을 안쳤던 분주한 손의 기억. 가스레인지에 불을 켜고 멸치다시물을 우려내는 동안, 감자와 호박을 깍둑썰기해서 준비하고 버섯에 두부도 가지런히 썰어두곤 했다. 먹기 좋게 자른 차돌박이까지 한 줌 집어넣고 보글보글하게 된장찌개를 끓이던 저녁. 수빈에게도 그런 저녁이 있었다.

"응, 여보세요?"

어학원 수업을 마친 단비가 전화를 걸어왔다.

"그래, 맞아. 그 골목에 한식당이 생겼더라고. 찾아올 수 있겠어?"

때마침 걸려 온 단비의 전화가, 과거의 수렁 속에 빠져 있는 수빈을 단숨에 건져 올렸다. 수빈에게 단비는 곱씹을수록 놀랍고 기막힌 인연이다.

석 달 전 그날. 그날은 인천공항에서 프라하로 날아오르던 날이었다. 10월의 창공은 아름다웠지만 슬펐고 맑았지만 스산했다. 기내에는 꼬리가 긴 팬데믹(pandemic)의 영향으로 듬성듬성 빈자리가 많았음에도, 수빈과 단비는 나란히 옆자리로 배정되었다. 그럴 경우, 어떤 승객들은 승무원에게 요청해 자리를 바꾸기도 하는데, 수빈과 단비는 둘 중 누구도 좌석을 옮기지 않았다. 암스테르담에서 경유 편으로 갈아타기 전까지, 무려 11시간가량을 붙어 있었던 사이. 한날한시에 이국땅을 밟은 사이. 말하자면 그런 사이인데 그때까지만 해도 한 차례 어색한 목례만 주고받았을 뿐 그 이상의 관계가 되리라고는 둘 중 누구도 예상치 못했다. 비행이 끝나고, 의례적인 눈인사로 돌아선 두 사람은 불과 몇 시간 만에 "어? 여기는 어떻게?", "와! 진짜 여기서 묵으시는 거예요? 제 숙소도 여기거든요."라는 말로 서로를 얼싸안았다. 그날 이후로 지금까지, 수빈에게 있어 단비는 타국에서 맺은 처음이자 유일무이한 친분이다. 사람을 피해 떠나온 수빈이 다시 누군가를 가까이에 둔다는 건 어렵고 불편한 일이지만, 그럼에도 단비에게는 곁을 내어주고 싶었다.

"알았어, 길 미끄러우니까 뛰지 말고 천천히 와."

정다운 통화가 담백하게 끝났다. 수빈은 오른손에 들린 전화기를 테이블 위에 내려놓으며 차분히 공간을 살피는 중이다. 편안한 호흡으로 가게의 면면을 그러담는다. 카운터 안쪽에 놓인 피치색 포인세티아 화분과 화장실 입구에 걸어둔 계피 향 방향제에도 눈도장을 찍었다. 자로 잰 듯 반듯하게 각을 잡은 테이블과 의자들. 수수한 듯 멋스러운 조명과 카운터 옆 선반에 진열된 북유럽풍의 빈티지 그릇들이 해국의 깔끔한 성정과 세심한 감각을 말해주는 곳, 마민카 식당. 이 모든 비주얼에 방점을 찍는 건 지금 이 순간 흐르고 있는 음악이다. 미국 드라마 그레이 아나토미(Grey's Anatomy)의 OST 곡으로도 쓰였던 케렌 앤(Keren Ann)의 <Not Going Anywhere>. 보컬 특유의 속삭이는 듯 쓸쓸한 목소리가 프라하 올드타운 뒷골목에 자리한 신생 공간을 감미롭게 에워싸고 있다.

주변인들의 식사

　'입맷거리'라는 말이 있다. 겨우 허기를 면할 정도의 음식, 이라는 뜻을 지닌 순우리말이다. 최근 수빈의 식생활을 표현하는 데에 있어 이보다 적절한 어휘는 없을 것이다. 다른 언어로는 설명이 어렵다. 영어도 체코어도, 찾아보면 유사한 말이야 있겠지만... 거기까지다. 비슷한 것과 같은 것 사이에는 엄연한 차이가 존재한다. 겨우 허기를 면할 정도의 음식이라니, 토씨 하나도 틀림없이 완벽히 그렇다. 언제부터인가 수빈에게 먹는 행위란 입맷거리를 욱여넣는 일, 그 이상도 이하도 아니게 되었다. 식생활보다 엉망인 건 정신건강이다. 육체는 최소한의 끼니라도 챙겨서 어떻게든 보존하고 있지만 폐허가 된 마음은 어떤 것으로도 채울 수가 없다. 어차피 채울 수 없는 거라면 말끔히 비워내고도 싶지만 그마저도 쉽지가 않다.

'마음이 꼭 풍선 같아.'

어젯밤 일기장에 끄적였던 짧은 문장 하나가 종일 수빈의 주위를 맴돈다. 마음이 풍선 같다는 얘기는, 그러니까 끈이 떨어진 부유물처럼 불편하게 떠 있다는 얘기다. 사정거리 안에는 있지만 잡을 수가 없어서 더 멀리 사라질 때까지 아쉽게 바라만 봐야 하는 놓쳐버린 풍선. 딱 그런 형국이다. 이탈해 버린 마음은 어디로 튈지 도무지 종잡을 수가 없다. 과거와 현재를 제멋대로 오가며 언제고 어디서고 수빈의 머릿속을 송두리째 흔들어 놓는다.

"가시버시라는 말 들어봤어?"

"글쎄. 그런 말도 있어?"

"자기도 처음 들어보지? 무슨 뜻이게? 한번 맞춰 봐."

"음... 가십거리? 대충 그런 뜻인가?"

"땡! '부부'의 순우리말이래. '가시'는 아내, '버시'는 남편이니까 가시와 버시를 붙이면 부부가 되는 거지. 어때? 재밌지?"

"오호~ 근데 왜 이렇게 생소하지? 요즘은 거의 안 쓰는 말 같은데?"

"부부를 속되게 낮잡아 부르는 말이라서 잘 안 쓰는 거래.

이런 식으로 사라지는 말들이 얼마나 많을까? 흠..."

"존재하는 모든 것들에는 수명이 따르는 법이니까. 그래도 누군가는 기억하잖아. 지금 우리처럼."

"우리 서방님, 오늘따라 말을 참~ 예쁘게 하시네요."

"오늘만? 히히히."

"뭐야 그 능글맞은 웃음은?"

"뭐긴 뭐야. 사랑이쥐~ 하여간 우리말은 알면 알수록 묘해."

"맞아. 지구상에 있는 언어들 중에 이렇게나 복잡하게 아름다운 말은 아마 없을 거야."

"그런 의미에서 복잡~하게 사랑한다, 지수빈!"

둘이라서 찬란했던 순간들은 하나로 흩어짐과 동시에 빠르게 빛을 잃어갔다. 해국이 식당에 걸어둔 흑백사진들처럼 색이 바래졌다. 지나간 대화 속의 그 말. 가시버시. 수빈에겐 그와 함께 보낸 모든 시간이 꼭 가시버시처럼 퇴색되고 있다. 어느 순간에는 분명히 자리했지만, 쓸모를 잃고 사라진 지금에는 존재의 유무조차 의심하게 되는 그런 형편이 된 것이다.

"주문하신 음식, 나왔습니다."

청량한 해국의 음성이 수빈에게 드리워진 먹구름을 걷어낸다. 고소한 참기름 냄새를 동반한 거지런한 한 상이 눈앞에 차려졌다. 도라지와 시금치, 고사리와 표고버섯, 당근과 무생채가 이렇게 예쁠 일인가. 잘게 다진 소고기도 먹음

직하게 볶아졌다. 노른자를 흐트러뜨리지 않은 달걀프라이는 비빔밥의 자존심을 지켰다. 곁들여져 나온 어묵 볶음과 콩자반 같은 밑반찬에도 자르르 윤기가 돈다.

"오늘 마민카 정식은 비빔밥이 메인이고요. 국은 북엇국을 좀 끓여봤는데 입에 맞으실지 모르겠네요. 식기 전에 같이 드세요."

처연한 수빈의 시선이, 김이 모락모락 피어오르는 국그릇 위에 걸려 있다.

"냄새가 좋네요. 잘 먹겠습니다."

그제야 안도의 미소를 짓는 해국이 조용히 돌아서려는데 수빈이 조곤한 말투로 멈춰 세운다.

"저기... 일행이 오고 있는데요, 같은 걸로 하나 더 만들어 주시겠어요?"

수빈의 말이 채 끝나기도 전에 덜컥 문이 열렸다. 동시에 입구를 바라보는 두 사람의 눈빛에 작은 동요가 인다.

"으~~ 추워~~ 형! 나 배고파!"

예상에 없던 지호의 출현은 두 사람 사이에 형성된 기류뿐 아니라 식당 내부의 공기마저 빠르게 바꿔 놓는다.

"어? 손님이 계셨네?"

"응, 왔어?!"

사람마다 내뿜는 에너지와 풍기는 분위기가 다르다는 걸 수빈은 해국과 지호를 통해 새삼스럽게 깨우치는 중이다. 비슷한 또래의 두 남자. 그러나 전혀 다른 인상. 재미있는 투샷을 감상하던 와중에 뒤이어 한 번 더 휑하니 찬바람이 일더니, 간발의 차로 늦은 단비가 모습을 드러낸다.

"아우 추워라. 언니~ 나 진짜 얼어 죽을 뻔."

목소리는 앓고 있는데 표정은 연신 해맑게 지어 보이는 단비. 싱그럽게 웃는 낯으로 공간을 밝힌다. 해국과 수빈, 지호와 단비. 이름도 성별도 나이도 다르지만 이들에게는 한 가지 공통점이 있다. 어떤 사정에 의해서든 원래의 둥지를 떠나왔다는 것. 자의든 타의든 이방인의 삶을 선택했다는 점에서 뚜렷한 교집합을 성립한다. 태어난 곳은 대한민국이지만 지금 밟고 서 있는 땅은 유럽. 유럽 중에서도 체코. 체코 중에서도 수도인 프라하에서 서로를 마주한다.

"비빔밥 시켰어? 오~ 비주얼은 나쁘지 않은데?"

"이 집 정식인데 요일별로 메뉴가 바뀌나 봐. 배 많이 고프지? 나 아직 입 안 댔으니까 너 먼저 먹어."

"아니야 언니~ 나도 시키면 되지."

"같은 걸로 이미 주문해 놨어. 금방 나올 거니까 일단 너부터 한술 떠, 응?"

"염치없지만 그럴까요, 그럼?"

한편, 지호의 얼굴에는 호기심이 가득하다. 몸은 해국을 바라보고 있지만 귀는 등 뒤로 열려 있다. 혹여 수빈과 단비의 대화를 놓칠세라 부동자세로 목을 빼고 앉아있는 꼴이,

해국은 몹시 신경 쓰이는 눈치다.

"뭐 하냐! 밥집에 왔으면 주문을 해야지."

"쉿! 가만히 좀 있어 봐."

"배고프다며~ 주문 안 해?"

"알았어, 알았어. 근데 형! 저기 둘, 아는 사람이야? 누구야?"

"알긴 뭘 알아. 내 손님들한테 관심 끊고 너는 조용히 밥만 먹고 가는 거다, 알겠냐?"

"뭐야. 내 손님? 와~ 이제 손님 생겼다 이거지? 와~ 나... 이 배신감을 어떡하지?"

"시끄럽고! 형님은 음식 만들어야 하니까 그동안 사고 치지 말고 점잖게 좀 계시라고요. 이 무늬만 손님아."

"에헤이~ 걱정 마세요, 사장님. 제가 다~~ 알아서 합니다. 네?"

조심성이 많은 해국과는 달리 지호는 매사에 거침이 없다. 외국에서 오래 살아 그런지 한국에 있는 보통의 또래들과는 결이 다르다. 좋게 말하면 자유분방하고, 솔직히 말하면… 불안불안하다. 밉상은 아닌데 한 번씩 거슬리게 한다. 스물아홉과 스물일곱. 그래봐야 두 살 터울이지만 한참 아래뻘 동생처럼 막무가내로 굴 때가 있는데, 그럴 때마다 해국은 묵혀둔 속마음이 밖으로 새어 나가지 않도록 조심에 조심을 기한다.

'저 녀석, 생긴 건 부잣집 도련님인데 하는 짓을 보면 어디로 튈지 모르는 럭비공 같다니까.'

이 구역의 럭비공인 유지호는 벌써 행동을 개시했다. 노심초사하는 해국의 마음 같은 건 지호의 관심사가 아니다.

"어~ 형! 그거 이리 줘."

해국이 주방에서 나오기만을 기다렸다가 잽싸게 음식을 낚아채서는 수빈과 단비 앞으로 돌진하는 지호. 말리고 어쩌고 할 새도 없이 별안간 벌어진 일이다.

"안녕하세요~"

"아... 네..."

"주문하신 음식 드릴게요. 여기에 놓아 드리면 될까요?"

"네, 저한테 주세요."

수빈이 손을 내밀자 지호가 과한 제스처를 부리며 극구 만류한다.

"아뇨. 제가 하겠습니다. 뜨거우니까 손 조심하시고요. 웃차, 여기요! 그나저나 메뉴 고르시는 센스가 탁월하십니다. 팔이 안으로 굽어서 드리는 말씀이 아니라, 이 집 음식이 자극적이지도 않으면서 뭐랄까 삼삼한데 자꾸 끌리는 거 뭔지 아시죠? 진짜 끝내주거든요."

지호의 일장 연설이 끝날 때까지 멋쩍게 눈빛만 주고받던 수빈과 단비. 지호가 눈치껏 말문을 닫은 이후에도, 도통 입을 뗄 기미가 없는 수빈과 달리, 단비는 할 말이 퍽 많아

보인다.

"그런데요. 초면에 이런 말 실례인 줄은 알지만 제가 또 궁금한 건 못 참는 성격이라서요."

"그럼요. 참으면 안 되죠. 무엇이든 물어보십쇼."

"두 분, 포지션이 어떻게 되세요? 사장과 알바? 아니면 동업?"

"단비야!"

말은 단비가 꺼냈는데 얼굴은 수빈이 붉어진다.

"아, 괜찮습니다. 그 정도야 얼마든지 말씀드릴 수 있죠. 그러니까 저 뒤에 계시는 저분은요. 이곳 마민카 식당의 대표인 이해국 사장님 되시고요... 에... 그리고..."

지호가 해국의 이름을 언급한 시점부터 수빈의 눈동자가 모호해졌다. '이해국의 마민카라... 식당 이름도 주인 이름도 제격이네. 그런데 무슨 뜻일까?' 수빈은 좀전부터 이런 생각에 잠겨 있느라 지호가 늘어놓는 말의 절반. 아니 그 이상을 고스란히 흘려보내는 중이다.

"그리고 저는... 그러니까 저로 말씀드릴 것 같으면..."

"저희 식당의 고문입니다. 이름은 유지호고요. 나이는 스물일곱."

우물쭈물하는 지호의 말을 가로챈 건 해국이다. 어떻게라도 상황을 빨리 매듭짓고 싶어서 나서긴 했는데 어찌 된 영문인지 일이 점점 커지는 기분이다.

"스물일곱이면 97년생? 저는 99인데 그럼 우리 넷 다 90년대생인가요?"

"그렇게 되나요? 나이도 비슷한데 다 같이 친구 먹을까요?"

"야! 유지호! 아... 죄송합니다. 저희는 이만 비켜드릴게요. 그럼 두 분 식사 맛있게 하세요."

가까스로 사태를 종료시킨 해국이 깊은 숨을 몰아쉬는 동안, 지호는 다른 이유로 한숨을 쉰다.

"에잇, 중요한 타이밍이었는데."

"오늘도 공복으로 쫓겨나기 싫으면 적당히 해라~"

행여라도 수빈과 단비가 들을까 봐 서로의 귀에 대고 조심스레 속삭이는 두 남자. 어깨동무를 한 모습이, 뒤에서 보면 꽤나 사이가 좋아 보이지만 실상은 동상이몽의 표본이다. 특히 식당 주인으로서의 책임감이 막중한 한 남자는 눈에 띄게 표정이 얼고 있다. 오늘 처음 온 손님들에게 무례를 범했다는 자책을 떨쳐낼 수가 없어서다. 쥐구멍이라도 있으면 숨고 싶은 심정인데 정작 일을 낸 지호는 괘씸할 정도로 태연하다. 그래도 한 가지 위안이 되는 건 수빈과 단비가 자신이 내어 준 음식을 맛있게 먹어주고 있다는 것. 그 모습에 해국의 불편한 마음도 조금씩 가라앉고 있다.

왜 빨간 지붕일까

마민카식당에서 저녁 식사를 해결한 수빈과 단비가 집으로 향하고 있다. 트램을 탈 수도 있지만 소화도 시킬 겸 오붓하게 걷기로 했다. 거리에는 일찌감치 밤이 내려앉았다. 짙은 어둠이 검은 이불처럼 온 도시를 덮었고, 기온도 현저히 내려갔다. 수빈이 카렐교를 걸었던 낮 시간대와 견주면 못해도 3~4℃는 족히 떨어졌을 것이다.

"언니, 안 춥겠어? 그냥 트램 탈까?"

"아니야. 얘기하면서 걸으면 금방인데 뭐."

단비에게서 느껴지는 온기의 힘일까 아니면 해국이 지어준 따뜻한 음식 덕분일까. 밤이 되면서 거리는 더욱 냉혹해졌지만 수빈은 더 이상 떨지 않는다. 애초에 추위 따위는 대수가 아니었는지도 모르겠다. 사람을 정말 움츠러들게 만드는 건 그런 게 아니니까. '체감온도를 좌우하는 건 날씨가 아니야. 얄팍한 사람의 기분인 거야.' 수빈이 이런 공상에 빠져 있는 동안, 단비는 왼손에서 반짝거리는 스마트폰을 슬쩍 내려다본다. 오후 6시 47분. 액정에 뜬 숫자를 확인하고는 측면에 있는 버튼을 가볍게 한번 톡 눌러서 잠가 놓는다. 화면이 꺼진 전화기는 단비의 외투 속으로 들어갔다. 누빔으로 된 코랄블루색 숏패딩은 단비가 즐겨 입는 겨울 아이템이다.

"언니도 그래?"

"뭐가?"

"유럽은 어딜 가나 노란 조명을 많이 쓰잖아. 자꾸 봐서 그런가. 은근히 마음에 들어. 가볍게 날리는 노랑 말고 채도가 낮아서 살짝 붉은빛이 도는 아주 샛노란 가로등... 저기 있다! 저렇게 확실한 노란빛이 좋아. 저 안에 있으면 그 아무리 차가운 밤이라도 한없이 포근하게 느껴지거든."

말없이 들으며 고개만 주억거리던 수빈이 천천히 입을 연다.

"그런데 말이야. 꼭 그럴 필요가… 있을까?"

"응? 필요라니?"

"밤의 성질이라는 게 원래 그런 거잖아. 어둡고 차가운 거. 캄캄하고 시린 거. 억지로 빛을 들이대서 밝힌다는 게... 그게 다 인간들이 좋자고, 편하자고 그러는 건데 밤의 정령도 그걸 원할까 해서."

"뭐? 무슨 정령? 호홀~ 있잖아, 언니는 말이야... 감성적인 거야, 시니컬한 거야? 어떨 땐 되게 이성적인데 이럴 때 보면 감성이 사고를 지배하는 것 같기도 하고 말이지. 암튼 굉장히 헷갈리니까 둘 중에 하나만 하시라고요, 수빈님."

"......"

"잠깐! 나 촉 왔어!!"

마민카식당에서 나온 뒤로, 시종일관 앞만 보고 걷던 수빈은 뜬금없는 단비의 말에 잠시 걸음을 멈추었다. 들으나 마나 한 실없는 소리일 거라는 걸 알면서도 알 수 없는 호기심으로 귀를 쫑긋 세웠는데,

"아무래도 이 센티멘탈한 무드는 뭐랄까... 요즘 나 몰래 연애해?"

"야! 백단비!"

"아님 말고~ 히히."

다정하게 팔짱을 끼고 걸으며 쉴 새 없이 재잘대다가 소녀들처럼 깔깔거리는 수빈과 단비. 둘의 투샷이 생판 모르는 남들 눈에도 사랑스러운지 마주 걸어오던 노부부가 흐뭇하게 눈인사를 건넨다.

"인자하신 분들 같아. 참 보기 좋은 부부다."

따뜻한 밤색 실로 뜬 털모자에 짙은 먹색 장갑까지 커플로 맞춘 노부부의 다정한 모습은 수빈의 부러움을 사기에

충분했다.

"빨간 지붕의 마술이 아닐까?"

단비가 엉뚱한 말로 수빈의 관심을 돌려 본다.

"웬 마술?"

"왠지 그럴 것 같지 않아? 저기 저 빨간 지붕들 말이야. 저렇게 동화 같은 집에서 살면 아무리 궁합이 사나운 부부라고 해도 금슬이 좋아질 것 같잖아."

두 사람의 아파트가 있는 구시가지에는 빨간 지붕의 집들이 즐비하다. 모양은 대부분 뾰족한 고깔 형태로 되어 있는데 전체적으로 조화롭게 통일된 느낌이 볼수록 신비하다. 지금은 밤의 장막에 가려져 있지만 아침이 밝아오면 그 진가를 오롯이 드러낼 것이다.

"으이그. 막 갖다 붙이기는."

"막, 이라니! 나름 신중하게 고찰해서 하는 말이라고요."

"그러시군요. 그럼 우리, 좀 더 심도 깊은 대화를 나눠볼까?"

"좋아. 얼마든지."

"여기 지붕 색깔 말이야. 다른 색도 많은데... 왜 빨간색일까?"

"엇! 나 그거 어디서 봤는데! 아... 뭐였더라?"

프라하의 지붕색이 빨간 이유는 간단하다. 유럽에서 쉽게 구할 수 있는 라테라이트(laterite)라는 흙을 구우면 붉은색이 나온다고, 수빈도 어디선가 읽은 적이 있다. 홍토로 진흙을 만들어서 지붕의 형태를 잡고 *테라코타라는 기법으로 구우면 유럽을 상징하는 빨간 지붕이 된다고, 그렇게 쓰여있었다. 웹 서핑 중에 보았다고 하기에는 정보의 윤곽이 비교적 또렷하다. 미루어 짐작건대 글쓰기 플랫폼일 가능성이 농후하다. 최근 수빈은 포털사이트보다 'K스토리'라는 글쓰기 앱에 더 많은 관심을 두고 있는데, 개중에는 유럽 생활을 수기로 올리는 작가들도 적지 않다. 아마도 '지구 한 바퀴 세계여행'이라는 해외 글 카테고리에서 보았으리라.

"홍토를 써서 그렇대. 근데 그건 옛말이고 요즘은 건축 기법이 좋아져서 붉은 흙을 쓰지 않아도 된다고 하거든? 그런데 왜 변화를 주지 않는 걸까?"

"음. 그거야 뭐... 빨간 지붕이 없는 프라하는... 이상하니까?"

단비의 말이 맞다. 모르긴 몰라도 그건 기술 너머에 가치를 두기 때문이라고 수빈도 그렇게 해석하고 있다. 문화예술적인 관점에서도 그렇지만 역사적인 의미도 있을 테고, 도시의 상징성과 같은 측면에서도 빨간 지붕의 역할은 실로 대단하니까. 물론 프라하만 그런 것은 아니다. 누군가는

---

*테라코타는 '점토(terra)를 구운(cotta) 것'이라는 뜻

'빨간 지붕'을 이탈리아의 피렌체로 떠올릴 수도 있고, 다른 어떤 이는 독일의 밤베르크를 생각할지도 모른다. 유럽 전역이 붉은 물결로 뒤덮여 있다. 지중해 연안의 남쪽 나라부터 발트해를 끼는 북쪽까지 일일이 열거할 수도 없을 만큼 광범위하다. 하지만 수빈에게 있어 '빨간 지붕의 도시'는 오직 여기, 프라하뿐이다.

"벌써 다 왔네?! 언니랑 얘기하면서 걸으니까 금방이다. 자매님. 이대로 헤어지기 아쉬운데 우리 집에서 맥주 한 캔 어떠십니까?"

"크하. 맥주라… 몹시 구미가 당기지만, 다음에! 다음에 하자. 나 낮에 너무 떨었나 봐."

"흐음. 할 수 없지. 그럼 얼른 들어가서 따숩게 주무셔요~"

"고마워요, 아가씨~ 너도 일찍 자. 내일도 수업 있잖아."

"수업은 내일이고 난 아직 이 밤을 보낼 준비가 안 돼 있단 말이지. 야밤에 맥주 한 캔 따서 이불 뒤집어쓰고 보는 팝콘무비가 얼마나 꿀잼인데~ 그렇지만 언니는 피곤하니까 바로 취침이야, 알았지? 굿 나잇~ 마이 빈~"

"뭐? 또 까분다~"

"헤엣. 먼저 들어갑니당."

단비는 202호, 수빈은 502호에 산다. 같은 아파트, 같은 동에서, 한 지붕을 덮고 있는 두 사람이지만 사는 모양까지는 같을 수가 없다. 단비라면 집에 들어서자마자 온 방마다 불을 환하게 켜 놓고 신나는 음악부터(물론 옆집에서 문을 두드리지 않을 정도의 볼륨으로) 틀어버릴 테지만. 수빈은 어둠을 몰아내지 않고 창틈으로 새어 들어오는 희미한 불빛을 의지하며 소파로 간다. 캄캄한 거실에서 고장 난 장난감처럼 털썩 주저앉아 있다 보면 익숙한 냄새가 후각을 자극해 온다. 일부러 맡으려 하지 않아도 집이 가진 특유의 향기가 스멀스멀 말을 걸어온다. 묵은 공기와 미세한 생활 소음 그리고 손때 묻은 세간은 그녀의 반려사물이다. 수빈은 집 안에 있는 모든 유무형의 사물과 말없는 대화를 나눈다.

'너희들도 종일 답답하긴 했겠다.'

마음 같아서는 꼼짝도 하기 싫지만 그런 게으름도 순간이다. 기어이 몸을 일으켜 창을 열어젖힌다. 수빈이 집을 비운 사이, 내내 갇혀 있던 묵은 공기들이 밤바람에 실려 훠이 날아간다.

"왠지 그럴 것 같지 않아? 저기 저 빨간 지붕들 말이야. 저렇게 동화 같은 집에서 살면 아무리 궁합이 사나운 부부라고 해도 금슬이 좋아질 것 같잖아."

집에 오는 길에 단비가 했던 말이다. 퀴퀴한 집안 공기들은 바람 따라 모두 날아가 버렸는데 어째서 이 말들은 여태 수빈의 머리 위를 맴돌고 있는 것일까. 동화 같은 집. 부부의 금슬... 소용없는 일인 줄 알면서도 수빈은 여전히 가

정법을 쓴다. 조금 더 나은 환경에서 시작했더라면. 조금만 더 인내했더라면. 만약 그랬다면 이별을 막을 수 있었을까. 밤은 내면의 어둠까지 불러내는 재주가 있다. 밤과 어둠, 밤과 침묵, 밤과 성찰, 밤과 두려움... 수빈은 밤에 길들여져 있지만 그렇다고 익숙해진다거나 편안하다거나 그런 경지까지 이르진 못했다. 어떤 부분에서는 한없는 낯섦에 몸서리를 친다. 밤이 주는 한결같은 공포에 몸이 바르르 떨린다. 그렇다고 매일 밤마다 애꿎은 단비를 귀찮게 할 수는 없는 노릇. 어떻게든 홀로서기를 해야 한다. 그러기 위해서는 주의를 환기할 무언가가 절실하기에, 수빈은 힘주어 다짐한다.

'오늘 밤에는 기필코 찾아내고야 말겠어. 과거로부터 자유로워질 수 있는 방법, 슬픔으로부터 벗어날 수 있는 방법을 말이야.'

우선, 소파 옆에서 목을 길게 빼고 있는 스테인리스 스탠드의 스위치를 켠다. 탁자 위에 올려둔 노트북의 전원도 꾹 눌렀다. 아담한 거실에 동그랗게 드리워진 빛은 주방까지 넓게 퍼졌다. 은은한 빛의 줄기를 따라 열 발짝 정도 걸었을까. 냉장고 문을 연 수빈은 어젯밤에 마시다 만 와인을 한 병 꺼낸다. 유리병 표면에 붙은 코팅 종이에는 'FRANKOVA MODRA'라는 글씨와 함께 붉은 단풍잎 그림이 붙어있다. 블라우프란키쉬(Frankovka)라는 품종의 포도로 만든 슬로바키아산 레드와인인데 흔히 '단풍 와인'으로 불린다. 조그맣게 '2018'이라는 숫자가 적힌 걸로 보아 그해 가을에 담은 듯하다.

"와인맛은 잘 모르지만 목 넘김이 불편하지 않고 뒷맛이 깔끔해."

와인숍에서 단비에게 했던 말이다. 2주 전이었고 금요일 오후였다. 단비는 프랑스산 로제 스파클링 와인을 골랐고, 수빈은 언제나처럼 단풍 와인을 택했다. 그때 데려온 술을 어제부터 마시고 있다. 투명한 와인잔에 촤르르하게 붉은 물결이 담긴다. 잔의 3분의 1. 그 경계를 찰랑찰랑하게 채워서 노트북이 켜진 거실 탁자 옆에 가져다 놓았다. 한 모금씩 입에 넣고 천천히 목을 적시는 동안에 시간은 몇 초나 흘렀을까. 빈 모니터를 넋 놓고 보다가 혹시나 하는 마음으로 메일함을 열어보는데,

"안녕하세요, 작가님!

'K스토리'의 작가가 되신 것을 진심으로 축하드립니다. 앞으로 작가님의 서재에 담길 소중한 글을 기대하겠습니다.

작가, 축하, 소중한 글, 기대…"

수빈 앞으로 날아든 한 통의 편지에는 눈을 의심케 하는 이질적인 단어들이 질서정연하게 놓였다. 물론 자의로 한 일이다. 작가 신청은 어디까지나 수빈의 자발적인 시도였다. 제 손으로 직접 글쓰기 플랫폼에 접속했다. 글을 쓰게 해달라고

작가가 되고 싶다고 스스로 문을 두드렸다. 글쓰기와 수빈. 글쓰기와 이방인. 글쓰기와 이혼녀…. 혹자는 글을 쓴다고 하면 채우고 싶어서, 라고 생각할지 모르지만 수빈은 정확히 그 반대다. 비우고 싶어 쓰려는 것이다. 가벼워지고 싶고 후련해지고 싶어서. 가슴에 맺힌 응어리를 글로 풀어내면, 누구에게도 할 수 없는 말을 아무에게나 쏟아내면, 그러면 한결 편안해지지 않을까 하는 막연한 바람이었다. 당연히 거절당할 거라고 예상했는데 의외의 결과가 찾아온 것이다.

'말도 안 돼. 합격이라니….'

왜일까. 수빈은 이런 순간에도 주저하는 사람이 되고 말았다. 무엇이 그녀를 이렇게 만들었을까. 잘됐다는 마음보다는 잘한 일일까 하는 걱정부터 앞선다. 바랐던 일이 괜한 일로 뒤바뀌는 괴이한 순간이다. 설령 마음이 그렇게 변덕을 부린다 해도 눈앞의 상황은 달라지지 않는다. 주사위는 이미 던져졌고 그것을 던진 건 수빈 자신이니까. 아무튼 작가.

오늘부로 수빈은 온라인 창작 플랫폼의 작가가 되었다.

소문의 위력

식당의 일과는 오전 11시부터 시작된다. 처음부터 그랬던 건 아니다. 해국의 열정이 절정에 치달았던 영업 첫 주에는 오전 9시부터 손님을 기다렸다. '오늘은 오겠지', '내일은 오려나' 하는 마음으로 꼬박 일주일 아침을 기대에 부풀어 있었다. 하지만 열흘이 지나고 보름이 흘러가도록 기대는 채워지지 않았다. 아무리 빨라도 12시께는 돼야 첫 손님을 맞을 수 있었다. 실망스럽긴 해도 낙담하진 않았다. 이 정도는 버틸만한 수준이라고 자위했다. 진짜 심각하게 장사가 안되는 날에는 오후 네 시에 문을 닫은 적도 있다. 그래도 울진 않았다. 세상일이라는 게 원래 그렇지 않은가. 내 몸도 내 의지대로 안 될 때가 있는데 하물며 타인이다. 불특정 다수의 행동력이 나의 계산대로 척척 들어맞길 바라는 것이 애초부터 어불성설이었다는 걸 해국도 모르진 않았지만, 세상은 각오했던 것보다 훨씬 더 냉담했다.

"휴… 엄마. 아무래도 영업시간을 조정해야겠지?"

스물아홉이면 다 큰 성인이지만 해국은 여전히 엄마가 필요하다. 하는 일이 엉킬 때나 풀릴 때나. 사는 게 지루할 때나 재미있을 때에도. 모든 날 모든 순간에 그 이름을 찾게 된다. 돌아가신 엄마가 어디선가 지켜보고 계실 거라 생각하면 그저 생각만으로도 공연히 위로받는다. 텅 빈 공중에 대고 "엄마, 어머니…"를 쏘아 올리고 나면, 어지럽게 둥둥 떠 있던 감정들이 필터로 곱게 걸러지는 것만 같다. 허상이라 해도 뭐 어떤가. 보이지 않는 힘을 빌려 눈앞의 현실을 딛고 설 수만 있다면 해국은 아무래도 괜찮을 것 같다.

오전 9시 영업개시. 말은 때로 지나치게 간편한 구석이 있다. 그에 반해 현실은 복잡한 것투성이다. 오전 9시. 그 시간에 문을 열려면 식당 주인은 새벽형 인간이 되어야만 한다. 시간에 가속이라도 붙는 건지 아침나절에는 한 시간이 십 분처럼 휘발된다. 매일 새벽 다섯 시에 눈을 뜬 해국은 반쯤 감긴 눈꺼풀을 하고선 동틀 녘의 카렐교를 내달렸다. 그렇게라도 운동을 하지 않으면 체력이 금방 바닥날 걸 알기에 아무리 귀찮아도 아침 조깅은 거르지 않으려 했다. 흥건하게 땀을 뺀 후에는 토스트나 시리얼로 요기를 하고, 늦어도 7시 전에는 가게에 당도하는 게 모닝 루틴이 되었다.

재료 손질부터 양념 준비, 육수 끓이기와 같은 밑 작업을 하다 보면 두 시간도 태부족인 상황. 하지만 암만 부지런을 떨어봐도 드라마틱한 변화 같은 건 일어나지 않았다.

"차라리 잘됐지 뭐. 엄마도 그렇게 생각하지? 오픈 시간을 뒤로 옮기면, 아들이 조금이라도 더 잘 수 있잖아."

대여섯 살 무렵이었나. 어렴풋이 남아있는 아버지에 대한 기억은, 목말을 타며 느꼈던 넓고 단단한 어깨의 감촉. 그게 전부다. 원망도 미움도 그리움도. 추억이 뒷받침돼야 가질 수 있는 감정이기에. 해국에게는 아버지에 대한 그 어떤 것도 남아있지 않다. 어머니가 아버지였고 형제였고 친구였고... 온 우주였다. 그래서 그녀에 관한한 그 어떤 것도 잊을 수가 없다. 잃을 수가... 없다.

지금 와 돌이켜보니, 일러도 너무 이른 나이였다. 소위 말하는 한창 때에 남편과 사별한 그녀는 슬퍼할 겨를도 없이 생계 전선에 뛰어들었다. 마음먹기에 따라 팔자를 고칠 수도 있었겠지만 그런 선택은 하지 않았다. 왜 그러셨냐고 언젠가 한 번은 꼭 묻고 싶었는데, 답을 들어보기도 전에 성급한 이별이 왔다. 아들의 뒷바라지와 밥장사로 평생을 보낸 어머니. 누구보다 그 인생을 잘 안다고 자신한 해국이지만 그거야말로 완벽한 오만이었다. 보는 것과 겪는 것은 허탈하리만큼 다르고, 다른 일이었으니까.

"... 어서 오세...요"

현재 시각은 오전 10시 20분. 해국은 지금 자신의 눈을 의심하는 중이다. 헛것을 보고 있는 건 아닐까. 염원이 빚어낸 환영 같은 건 아닐까. 카운터 옆에 놓아둔 손바닥만 한 탁상시계를 몇 번이고 힐끔거리기 바쁘다. 영업시간보다 40분이나 먼저 찾아온 손님. 프라하에서 밥장사를 시작한 지 오늘로 딱 31일째 되는 날인데 이 시간에 손님을 받아보는 건… 아무리 기억의 페달을 밟아 앞으로 감고 또 되감아봐도 오늘이 처음이다.

"여기가 마민카군요. 사진보다 더 아늑하고 좋네요."

겉으로는 애써 태연한 척 맞이했지만 사진,이라는 말에 해국은 내심 흠칫한다.

"사진이요? 어떤 사진을 말씀하시는 건지..."

"인스타그램에 올라온 사진요. 요즘 꽤 자주 올라오던데요?"

인스타그램? SNS? 그런 세계가 있다는 건 안다. 해국의 관심사는 아니지만 주위에서 워낙 말들이 많으니 모르려야 모를 수가 없다. 온라인 시장에서 거대한 인적 네트워크가 형성되고 그 안에서 '나'를 드러내기 위해 그럴싸한 사진들을 경쟁처럼 올리고, 인친이니 팔로우니 인플루언서니… 해국은 듣기만 해도 어지럼증이 돋는 낯선 세계. 그럴 수만 있다면 언제까지고 발을 들이고 싶지 않은 딴 나라 이야기를 자신의 공간인 마민카 식당에서, 경이로운 '오전 첫 손님'과

함께 나누고 있다.

"인스타그램에서 여기가 프라하 신상 맛집이라고 난리들인데, 모르셨어요?"

"….. 예? 제 가게가요?"

꽉 채운 한 달 만이다. 오전에 마수걸이를 해보는 게 목표라면 목표였는데 오늘 이룬 작은 성취의 배경이 SNS였다니. 역시 그런 걸까. 홍보의 문제였던 걸까. 영업 철학이라고 하기엔 거창하지만 해국은 마민카 식당의 주인으로서 오직 맛으로만 승부하는 정직한 경영을 추구한다. 뜬구름을 잡는 것도 아니고 고민이 없었던 것도 아니다. 불안할 정도로 손님이 뜸한 날에는 스마트폰을 들고 한 시간을 꼬박 망설인 적도 있다. 모바일 홈 화면에 깔려 있는 앱스토어에 클릭한 다음, 검색창에 '인스타그램'이라는 다섯 글자를 기입한다. 마지막으로 다운로드 버튼 하나만 누르면 온라인 홍보의 길이 실행된다는 걸 모르는 바는 아니지만, 어쩐지 그런 쪽으로는 영 내키지가 않았다. 만약 그 모습을 지호가 목격했다면 "이 형, 배가 덜 고팠네. 역시 고리타분하다니까."와 같은 말로 핀잔을 주었을 것이다.

"불고기 김밥이랑 떡볶이로 할게요. 그리고 비렐은... 포멜로 있나요?"

비렐(Birell)은 체코의 무알콜 맥주 브랜드인데 종류가 꽤 다양하다. 구수한 듯 쌉싸름한 오리지널부터 청보리 맛이 나는 것도 있고, 세미다크 버전도 있지만, 포멜로(Pomelo) 버전이 특히 인기다. 자몽 계열의 열대과일인 포멜로는 상큼한 과일 향 때문인지 여성 손님들이 무척 좋아한다. 주문을 받은 해국은 가벼운 몸짓으로 냉장고에 넣어둔 차가운 포멜로 캔 하나를 꺼내어, 길고 투명한 유리잔에 콸콸, 보기 좋게 따르고 있다. 폭신하게 부푼 하얀 거품 아래로 시원한 노랑이 일렁인다. 일반적인 맥주 색은 아니다. 그보다는 과일주스에 가까운, 말하자면 레몬색과 유사하다. 공교롭게도 음료를 주문한 손님의 네일 컬러와 비슷해서 잔을 쥘 때마다 손톱이 포멜로 속으로 잠기는 것 같은 착시가 일어난다.

더 신경이 쓰이는 건 사실 티셔츠다. 프라하에 사는 젊은 여성들은 배를 내놓고 다니는 걸 아무렇지 않게 여기는 건지 '크롭트 톱'을 일상적으로 즐겨 입는다. '베어내다', '잘라내다.'라는 의미가 내포된 크롭트 톱(cropped top)은 길이가 짧은 상의류를 총칭하는 패션 용어인데, 패션에 별 관심이 없는 해국도 이 정도 상식은 꿰고 있다. 그렇지만 그건 어디까지나 상식으로써의 앎이고, 안다고 해서 이해까지 할 수 있는 건 아니기에. 거기까지 확장되려면 좀 더 많은 시간이 필요할 것 같다고, 해국은 남몰래 선을 긋는다. 그도 그럴 것이, 지금 같은 겨울에도, 심지어 이렇게 잔혹한 1월에도 복부를 훤히 드러낸 여인들을 심심찮게 보게 되는데.

해국에겐 적지 않은 충격이다. 그나마 오늘은 바람이 잠잠하고 볕이 따사로운 편이라, '그래서 이때다, 싶었던 걸까. 아니면 오후에 파티라도 잡혀있나?'라고 해국은 머릿속으로 몰래 퍼즐 조각을 끼워 맞추는 중이다.

"잘 먹었어요. 영수증은 됐고요. 얼마 전에 K-예능을 몇 편 봤는데요. 김밥하고 떡볶이를 참 맛있게 먹더라고요. 방송이라 오버하는 거라고 생각했는데 진짜 맛있네요."

흡족한 표정을 보니 겉치레로 하는 말 같지는 않다. '다행'이라는 말. 지금 해국의 머릿속은 이 말이 지배하고 있다. 불과 어제까지만 해도 후회 일색이었다. 비록 9급이긴 했지만 공무원이었다. 제 발로 철밥통을 걷어찬 것도, 프라하까지 날아온 것도, 말도 잘 안 통하는 해외에서 밥집 사장이 되겠다는 마음도... 전부 다 섣불렀고 무모했다고 스스로를 호되게 나무랐다. 그런 마음으로 다그친 게 불과 어제의 일인데, 하루 만에 이런 일이 생기다니. 이렇게 금방 마음이 녹을 수 있다니. 아무리 한 치 앞도 내다볼 수 없는 게 사람의 일이라지만 그래도 이건 온도 차가 너무 크지 않은가. 오늘 이런 반전이 찾아올 줄 알았더라면 어젯밤, 그렇게까지 자책하지는 않았을 텐데. 세상 밖으로 스스로를 내던진 해국. 그 결과로 매일 깨지고 매일 성장하는 중이다.

금발 머리에 노란 손톱을 하고선 레몬색 무알코올 맥주와 K-푸드를 싹쓸이하고 간 그녀. 프라하의 낭만을 먹고 자랐을 배꼽티 그녀는 10시 20분께 들어와 마수의 기쁨을 안겨주고, 12시가 채 되기 전에 자리를 비운다. 썰렁한 허리 위로 도톰한 블랙 점퍼를 무심히 걸치며 이렇게 인사한다.

나 스클레다노우!

Na shledanou!

"안녕히 계세요"를 뜻하는 체코말. 나 스클레다노우. 해국도 그녀의 인사에 친절로 화답하며 입구까지 나가서 배웅한다. 골목 끝자락까지 걸어가 모퉁이 뒤로 멀어질 때까지 우두커니 지켜보았다. 그러는 동안에 작은 물음표 하나가 떠올랐다. 대체 이 감정의 이름은 뭘까. 벅참? 성취감? 그것도 아니면 안도? 뭐라고 딱 꼬집어 설명할 수는 없지만 오늘은 여느 날과는 느낌이 사뭇 다르다. 왠지 출발이 좋다. 이러다 금방 또 실망할지도 모르지만 설령 그렇다 하더라도, 지금의 이 감정을 깨고 싶지는 않다. 단전에서부터 끓어오르는 벅찬 기쁨을 동력 삼아 비장하게 행주를 집어 든다. 전에 없이 콧노래를 흥얼거리며 테이블을 박력 있게 쓱쓱 닦아본다. 물리적으로 닦이고 있는 건 테이블이지만 꼭 그렇다고 볼 수만은 없는 것이... 식탁을 닦을수록 윤이 나는 건 깎인 나무가 아니라 해국의 기분이기 때문이다. 붉은 소스만 덩그러니 남아있는 빈 그릇과 오렌지색 립스틱 자국이 묻은 비렐 잔은 재빨리 주방으로 가져가 뽀드득 소리가 날 때까지 씻어서 고이 엎어 놓았다. 그런 후에는 가게

안을 어슬렁거리며 흐트러진 물건들의 각을 잡는다. 그러고도 시간이 남자, 본능에 이끌리듯 스마트폰으로 눈이 간다. 온라인에 떠돈다는 마민카의 사진들을 찾아보려 검색 엔진을 돌리던 참인데,

"Dobre rano.(좋은 아침)"

"안녕하세요~"

"Hello~"

12시. 점심시간의 시작과 동시에 행렬이 시작됐다. 손님이 줄을 잇는다는 게 어떤 건지, 해국은 오늘에서야 그 말의 참뜻을 체감하게 되었다. 현지인, 한국 사람, 관광객 할 것 없이 국적 불문의 세계인이 마민카식당으로 몰려든다. 손님이 오는 건 당연히 반갑고 기쁜 일이다. 해국이 늘 꿈꿔왔던 순간이기도 하다. 하지만 뭐랄까. 어안이 벙벙하기도 하고 당혹스럽기도 하고 뭐에 씌인 것 같기도 하고, 여러모로 심경이 복잡하다. 우선적으로는, 납득하기가 어렵다. 누군가 일부러 꾸며낸 상황은 아닐까. 해국은 끊임없이 의심의 레이더를 돌린다. 그도 그럴 것이, 누가 봐도 이건 자연스러운 흐름이 아니다. 요즘 식으로 말하자면, 일부러 작정을 하고 '돈쭐 내러' 온 것 같은 기분마저 든다. 물론 이건 어디까지나 해국의 심증일 뿐이지만.

"네! 지금 갑니다. 잠시만요~"

오픈 런을 시작으로 저녁 장사를 앞둔 오후 5시까지, 해

국은 엉덩이 한번 붙일 새도 없이 뛰어다녔다. 그러다 잠깐씩 정신이 드는 순간이 있었는데, 그럴 때는 지호를 생각했다. '유지호, 이 녀석은 한가할 때는 줄기차게 드나들더니 오늘따라 왜 이렇게 잠잠한 거야.' 와 같은 푸념이 자신도 모르는 새에 튀어나왔다. 머릿속에는 주문서가 어지럽게 포개져 있고, 공기 중에는 체코어와 영어와 한국어가 어지러이 난무한 하루. 차라리 철인3종경기를 치르는 게 낫지 않을까 싶을 정도로 살인적인 체력전을 치러냈다. 오롯이 혼자서 평소 매출의 세 배를 감당했다.

'정말로 이게 다 소문의 위력인 걸까.'

오전에 다녀간 배꼽티 그녀의 말대로 온라인이든 어디든, 진짜 무슨 일이 벌어지고 있는 게 틀림없다. 그렇지 않고서야 갑자기 이럴 수는 없다고, 해국은 점진적으로 의심을 확신으로 굳히는 중이다. 그런데 왜일까. 이런 상황이 오면 마냥, 한없이, 그저 뛸 듯이 기쁘기만 할 줄 알았는데… 마음이라는 게 그렇게 단순할 수가 없다는걸, 오늘의 생소한 경험이 알려주었다.

선 밖으로 걸을 용기

지호가 만으로 세 살이 되던 해. 제조업계 회사원인 아버지가 체코법인으로 발령을 받았다. 가족의 운명은 그렇게 결정됐다. 은행원이었던 어머니는 전업주부가 되었고, 세 살배기 지호는 금발 머리의 또래들이 있는 현지 유치원으로 보내졌다.

"싫어. 안 가. 으아앙~~"

어려도 너무 어릴 때라 지호는 한순간도 떠올릴 수가 없지만 어머니는 요즘도 툭하면 그때 일로 열을 올리신다.

"그때 네가 아침마다 얼마나 대성통곡을 하던지... 아휴, 말도 마라."

지호는 한참 큰 후에야 듣게 된 사실이지만 반 아이들 사이에서 일종의 따돌림을 겪었다고 한다. 대충 짐작은 간다. 언어가 달랐고 피부색이 달랐다. 좋아하는 음식이 달랐고 노는 방식도 달랐다. 다르다는 건 그런 것이다. 처음에는 마냥 신기하다가 하나둘씩 호기심이 채워지고 나면 서서히 흥미가 떨어진다. 붕 뜬 관심을 걷어낸 자리에는 본질적인 불편함만이 덩그러니 남게 된다. 다름은 이윽고 균열을 일으키고야 만다. 그때가 그러니까, 지호가 갓 세 돌을 넘긴 무렵이었다. 한날은 밤에 자려고 누웠다가 벌떡 일어나서는 제 손으로 머리와 얼굴을 세차게 내리치며

"온드라가, 온드라가, 이렇게 했떠! 일케 일케 때렸떠!"

하면서 서럽게 울부짖었다는 것이다. 선잠이 들던 차에 별안간 봉변을 당한 부모님이 몇 번을 되묻고 되물어도, 돌아오는 답은 같았다고. 자동응답기를 틀어 놓은 것처럼 수차례 동일한 언행을 반복했다고 한다. 부모님의 기억이 맞다면 그때가 아마 등원한 지 넉 달 즈음 지나고였다. 그 바람에 현지유치원에서, 여러 인종의 아이들이 모이는 국제유치원으로 옮기게 되었다는 게 어머니의 전언이다.

"에이, 설마요. 그 나이에 왕따를 당했다고요? 내가? 말도 안 돼."

"네가 아무것도 기억하지 못해서 엄마는 참 다행이다 싶어. 어린 나이에 트라우마라도 얻으면 어쩌나 하고 얼마나 가슴을 쓸어내렸는지 몰라."

"그것도 모르고, 두 분이 영어교육에 대한 의지가 남다

르셔서 조기부터 투자하신 거라고 생각했는데요?"

"애는! 세 살짜리가 영어를 쓰면 얼마나 쓴다고 네 배가 넘는 돈을 쏟아붓겠니. 현지 기관에 다니면 밥값만 내면 되는데, 국제유치원은 무슨 원비가 그렇게 비싼지 생활비의 절반은 다 거기로 들어갔을 거다. 어휴. 그래도 어쩌겠니. 내 아들이 원숭이가 되는 꼴을 손 놓고 구경만 할 수는 없잖아. 너도 자식 낳아 봐. 부모 마음이 어디 그런가."

어쩌면 그때부터였을까. 국가가 뭔지, 인종이 뭔지, 차별이 뭔지도 몰랐지만... 한 가지는 확실히 인지할 수 있었다. 속을 알 수 없는 낯선 시선들. 지호는 어딜 가나 그런 눈빛을 받아야 했으니까.

"해외라는 특수한 상황 때문에 확대해석하셨는지도 몰라요. 국제학교라고 크게 다르던가요. 한국에 있었다 해도 비슷한 일들은 있었을 거예요."

"그 말도 일리가 있구나. 그래, 어디에서든 생길 수 있는 문제지. 그래도 그때는 말이다. 지금처럼 담담히 받아들여지지가 않더구나."

"어쨌든 그 사건 때문에 국제유치원을 다니게 됐으니 결과적으로는 감사해야 할 일이 아닌가 싶어요, 저는. 그러니 엄마도 이제 그 일은 그만 잊으세요. 아셨죠?"

지호는 그렇다. 어머니 앞에서는 자신도 모르게 척을 하게 된다. 괜찮은 척. 의연한 척. 아무렇지 않은 척을 아무렇지도 않게 해 왔다. 신기하게도 그런 척 연기를 하다 보면 정말 그런 상태가 된 듯한 일말의 착각이 들기도 한다. 사실 유치원 왕따설은 대수도 아니다. 그 옛날 유치원에서 있었던 일은 기억에도 없거니와 설령 기억이 남아있다 하더라도 지호 입장에선 작은 해프닝에 불과하다. 지호는 해외에서 자라는 내내 크고 작은 배척과 거절에 맞서왔다. 체코에서는 이방인이라는 이유로. 한국에서는 또 다른 다름의 이유로. 어느 쪽에도 속하지 못한 채로 어정쩡히 서 있어야 했다. 경계인. 지호는 스스로를 경계인으로 분류하고 있다. 이곳도 저곳도 아닌 경계에서 이곳과 저곳을 오가는 사람. 이제와 좋고 나쁨을 따질 수도, 원점으로 돌아가 도로 물릴 수도 없지만 특수한 상황에 처한 것만은 분명하니까.

누구에게나 그렇듯 지호의 삶에도 명암이 있다. 빛이 드는 만큼 그림자가 진다. 외부에서 보는 지호는 복 받은 아이일지 모른다. 다분히 그렇다. 만인이 선망하는 유럽의 국제학교들을 차례로 거쳐왔으니 틀린 말도 아니다. 부모를 잘 만난 덕에 해외에서 엘리트 코스를 밟았고 '전교육과정 해외이수'에 해당하는 '12년 특례'로 서울에 있는 명문대학교에 진학할 수도 있었다. 열이면 열. 모두가 꽃길이라 했다. 그런데 무엇이 문제였을까. 어디서부터 잘못된 것일까. 정작 당사자인 지호는 아무런 향기도 맡을 수가 없었다. 향기 없는 꽃은 계속 들고 있어 봐야 거추장스러운 짐에 지나지 않는다는 것. 그것이 앞서 꽃길을 걸어본 지호의 깨달음이다. 지호는 눈에 띄게 시들어갔다. 결국 1학년 2학기를 간신히 마치고... 그해 겨울, 가족들이 있는 프라하로 날아왔다. 그 뒤로는 다시 돌아가지 않았다.

"어?"

"엇, 그쪽은..."

올드타운에 서 있는 지호 앞에 누군가 나타났다. 낯이 익은 걸로 봐서 어디선가 본 것 같기는 한데 그 어디가 어디였는지가 영 흐릿하다. 검은색 단발머리에 풀뱅 레이어드 스타일로 앞머리를 낸 앳된 얼굴의 한국인 여성. 얼굴은 소녀티를 채 벗지 못했지만 그에 반해 키는 한국여성의 평균 키를 훨씬 웃도는 수준이다. 등에 백팩을 둘러맨 것으로 보아 학생일 확률이 높다. 손에 셀카봉도 없고 함께하는 무리도 없다. 지호가 눈에 보이는 것들로 찾아낸 단서는 대강 이렇다. 미루어 짐작건대, 단기 여행객은 아닌 것으로 추정된다. 그런데 기억이 선명하지 않아서 답답하기는 마주 서 있는 상대도 마찬가지인 듯 보인다. 상대 쪽 여성도 부지런히 머릿속의 태엽을 감고 있는 눈치인데⋯ 어색한 두 사람이 어색한 모양새로 서 있는 현 위치는 프라하 시내에 있는 3층 규모의 어학원 건물 앞. 다른 건 잘 모르겠지만 피차 확실히 느끼고 있는 한 가지는 수업으로 맺은 인연은 아니라는 것.

"아! 생각났어요! 형네 가게에서~ 마민카! 맞죠?"

번뜩이는 지호의 말에 단비도 빠르게 고개를 끄덕이며 맞장구를 친다.

"맞아요. 마민카 식당! 그때 그 사장님 옆에⋯ 그 뭐였더라. 아! 고문! 고문이라고 서 계셨던 그분, 맞죠?"

"고문은 무슨. 그건 형이 막 갖다 붙인 거고요. 그냥 아는 동생이에요."

"그게 그거 아닌가. 어쨌든 밀접한 관계란 말이잖아요?"

"뭐, 그렇죠⋯. 네, 그렇네요."

지호가 말끝에 가벼운 웃음을 흘리며 단비를 본다. 그러자, 어색한 눈맞춤을 피하려는 듯, 단비가 어학원 건물을 올려다보며 묻는다.

"그런데 여긴 어떻게... 그쪽도 여기 학생?"

"학생은 아니고 일하러."

"그럼, 강사님? 와! 체코어 잘하시는구나~"

"그냥 조금. 그쪽? 아... 이름이..."

"단비요. 백단비."

"아, 단비! 저는 유..."

"지호! 이름은 유지호. 나이는 스물일곱. 우리 통성명 끝낸 줄 알았는데요? 그날 이해국 사장님이 알려주셨잖아요."

"아, 그랬지, 참. 이놈의 기억력이... 중요할 때 꼭 뚝딱거린다니까요."

"아, 네… 프흡."

곱게 갠 슈크림을 넓게 펴서 발라 놓은 것 마냥 부드러운 크림색을 두르고 있는 어학원 건물. 그 아래에서 두 번째 통성명을 하고 있는 두 남녀를 지나가는 이들도 관심 어린 눈으로 본다. 늘어질 대로 늘어진 카키색 천가방을 뒤로 메면서, 계단을 단숨에 뛰어내려온 단발머리 남학생은 초록으로 물들인 앞머리를 흩날리며 입구에 세워 둔 자전거에 올라타다가 힐끔. 먼발치에서부터 잠자코 응시하며 걸어오는 빨간 머리 여학생은 세상 무심하고 권태로운 얼굴로 검은색 무선 헤드폰을 만지작거리다가 다시 한번 무심하게 흘깃. 물론 지호와 단비는 자신들에게 그런 시선이 오가는 줄도 모르고.

"사실 그날, 두 분과 얘기를 좀 더 나누고 싶었는데요. 우리 국이형이 자만추를 모른다니까요. 아우~ 답답이."

"자만추요?"

"요즘 한국 예능 보니까 다들 자만추, 자만추, 하던데요? '자연스러운 만남을 추구한다.'의 줄임말이라나 뭐라나. 맞나요?"

"아, 그 자만추…"

단비가 멋쩍어하며 수줍게 시선을 돌린다.

"아! 오해는 하지 마시고요. 비슷한 또래니까 다 같이 친구 하면 좋겠다 싶어서."

"크흐흡. 누가 뭐래요?"

"아니, 혹시나 그게… 오해가 있으면 안되니까."

"아, 웃겨."

"왜 웃어요?"

왜 웃냐는 지호의 말에, 단비는 자신도 모르게 '귀엽다'는 형용사를 떠올린다. 그 상태로 조금만 더 방심했다면 방금 머릿속으로 띄운 그 세 글자가 입 밖으로 튀어나오는 난감한 상황이 연출됐을지도 모른다. 그런 가정을 하니, 얼굴에 만개한 웃음이 일순 사그라들면서 번뜩 정신이 든다.

"자만추 좋죠. 친구도 많을수록 좋고요."

"좀 더 지내보시면 알겠지만 외국생활이라는 게 뭘 어떻게 해도 외롭거든요. 물론 그런 건 있어요. 외로움 못지않게 경계해야 하는 게 사람이기도 한데요. 그럼에도 불구하고 마음 맞는 이들과의 연대는 어느 정도 필요하다고 봐요."

"음... 뭘 위해서요?"

"그야 당연히, 외로움이라는 늪에 빠진 나 자신을 구제하기 위해서죠. 해외에서 느끼는 외로움은 결이 좀 다르다고 할까요."

"어떻게 다른데요?"

"물론 인간이라면 누구나 다 외롭죠, 외로운데… 남의 나라에서 느끼는 외로움은 타격감이 더 큰 것 같아요. 여기서는 쥐도 새도 모르게 사라져도 아무도 눈 하나 깜짝하지 않을 것 같은 거죠. 관종은 아니지만 무관심의 대상이 되는 건… 참 씁쓸한 일이거든요. 아무튼 정신적으로 위험해요, 여러모로."

타인과 타인이 만났다. 학연도 지연도 아닌 생판 모르는 낯선 이들이 서로의 인생에 개입하게 될 확률은 얼마나 될까. 어제까지 남이었던 관계가 오늘의 친구가 될 가능성은? 사는 동안 이런 경험을 할 일이 앞으로 몇 번이나 남아있을까. 더 있기는 있을까. 지호와 단비. 지금은 둘 중 누구도 이 만남에 정의를 내릴 수가 없다. 게다가 해국과 수빈이 이 일을 두고 어떤 반응을 내비칠지도 미지수다. 그럼에도 지호는 선 밖으로 슬쩍 한 발을 뻗었고 단비 또한 익숙한 관계의 틀, 그 테두리 밖으로 빼꼼히 고개를 내밀고 있다.

"어느 쪽으로 가요?"

"저는 저기 강 건너편에 있는 트램 정류장이요."

"그럼 거기까지 같이 걸을까요?"

"좋아요."

"아 그리고… 그때 같이 계셨던 분이요… 이름이 수… 수우…"

"수빈 언니?"

"맞다! 수빈씨… 수빈단비. 수단. 빈비. 수단. 빈비."

지호를 뚫어져라 보던 단비가, 더는 못참겠다는 듯이 묻는다.

"뭐...하세요?"

"열심히 입력 중입니다. 수빈단비. 수단. 빈비."

"와... 진짜 엉뚱하다…"

기대에 부응하려는 듯 지호가 한층 더 엉뚱한 표정을 지으며 말한다.

"예~ 뭐... 그런 소리 자주 들어요~"

"픕. 뭐라고요?"

낯선 이와 단 둘이 길을 걷다 보면 새삼스레 알게된다. 너무 가깝지도 너무 멀지도 않은 거리를 유지한다는 게, 적정하게 보폭을 맞추면서 서로의 말소리에 집중한다는 게, 얼마나 까다롭고도 유의미한 일인지를 깨닫는다. 서로의 걸음을 응원하면서 비슷한 속도로 동일한 지점을 향해 걷는 것. 어쩌면 그게 관계의 전부일지도 모른다고, 오늘 지호는 어렴풋한 소신 하나를 가슴에 품는다. 친구든 사랑이든 인류애든 뭐든 관계없이 만나는 모든 이들에게 적용하고픈 어떤 소신을.

올드타운

단비는 프라하에 짐을 푼 이후로 지금까지 석 달째 하루도 빠짐없이 올드타운을 걷는다. 수업이 없는 날에도 갖은 구실을 만들어 자신을 기어이 이 거리 위에 세운다. 그러고는 하릴없이 감상에 젖는다. 여행자라기보다 관람객의 마음으로 살아있는 예술품들을 영혼에 새긴다. 올드타운. 시간마저 쉬어가는 곳. 오래된 것들의 연회장. 박물관보다 더 박물관 같은 로맨틱한 눈앞의 시공간을, 오늘은 유지호라는 사람과 함께 걷는다.

"그런 생각 안 해 봤어요?"

"무슨 생각이요?"

"서울에 있을 때는 땅만 보고 걸었거든요. 지하철을 타면요. 시든 꽃처럼 고개가 아래로 꺾인 사람들만 있다고요.

열에 여섯? 아니 여덟아홉은 스마트폰만 쳐다봐요. 길을 걸으면서도 본다니까요. 그런데..."

단비가 열을 올리는 동안 지호는 사람들을 관찰한다. 같은 시각, 같은 거리를 스쳐 지나가는 무수한 타인들. 그들의 시선이 향하는 곳이 어디인지를 잠자코 살피던 지호가 맞장구 대신 추임새 같은 물음표를 던진다.

"그런데요?"

"여기 사람들도 고개가 45도로 꺾여 있긴 하거든요? 그렇지만 방향이 완전히 달라요."

지호는 다시 사람들을 본다. 방금 마주친 남자는 바람처럼 스쳐갔다. 너무 빨리 지나가서 자세히 보진 못했지만 머리엔 니트 재질의 검은색 비니가 올라가 있었고, 엉거주춤하게 구부러뜨린 두 다리로 롱보드 위에서 스릴을 만끽한다. 그런가 하면 50미터 앞에서 걸어오는 트리색 귀마개를 한 여자는 주위를 두리번거리느라 여념이 없다. 몇 발짝 걷다가 이내 멈춰 서서는 목에 건 전문가용 카메라를 들어 올린다. 흠씬 반한 얼굴로 카메라에 달린 뷰파인더를 한참 들여다본다. 지호는 그런 그녀를 물끄러미 보며 혼자만의 단상에 잠긴다. 이처럼 지호가 사람 구경에 빠져 있는 동안에도 단비는 아랑곳없이 말을 쏟아내고 있다.

"저기 봐요. 하나같이 시선을 위로 추켜올리고 있잖아요. 사진을 찍으려고 폰을 꺼내긴 하지만 거기에 코를 박고 있는 사람은 거의 못 봤어요. 제 아무리 현란한 모바일 세상도 여기선 뒷전이 된다니까요. 동시대를 살면서 이렇게 다른 일상을 보낸다는 게 말이 되냐고요. 안 그래요?"

"아… 저기… 워워. 이 와중에 이런 말이 어떻게 들릴지 모르겠지만, 그래도 할게요. 그쪽의 감상을 깨려는게 아니고 진짜 궁금해서, 진지하게 묻는 건데요. 아직 소매치기 같은 건 안 당해 봤죠?"

"아직? 아직이라니. 그게 무슨 말에요?"

지호는 잠시 고민한다. 이 순진무구한 어린 양에게 지구 반대편 세상의 현실을 낱낱이 일러줘야 하는지, 아니면, 조금 더 환상에 젖을 수 있게 모른 체 해야 하는지에 대한 망설임이다. 물론 단비의 말이 영 틀렸다고는 볼 수 없다.

여기서 한 가지 간과한 것은 치안이다. 체코뿐 아니라 유럽 내 어느 국가를 가 봐도 한국만큼 치안이 잘 돼 있는 곳이 없다. 유럽인들이 길에서 스마트폰을 비롯한 소지품을 잘 꺼내지 않는 이유에는 분명 이런 문제도 포함돼 있다는 말이, 지호의 목구멍까지 차올랐지만… 세상 천진한 단비의 표정을 보니 그 말을 뱉을 마음이 싹 가셨다. 그런 부분이야 차차 알아가면 되니까. 일단은 좋은 분위기를 망치지 않는 편이 나을 것 같아서, 지호는 대충 말을 얼버무린다.

"아... 아니에요. 그건 차차 알게 될 테고... 우리, 어디까지 했죠? 음… 맞다! 다른 일상... 네, 뭐. 그렇게 느낄 수도 있죠. 맞아요. 그럴 수 있어요."

"뭐예요? 이 덤덤한 태도는? 아~ 알았다. 여기에서 꽤 오래 사셨나 본데... 한 1년?"

"……"

"3,4년?"

"쓰는 김에 좀 더 쓰시죠."

"더요? 그럼 대체 얼마나 오래..."

알 수 없는 표정을 지으며 앞서 걸어가는 지호의 뒷모습이 단비의 눈에는 어쩐지 얄미우면서도 동시에 묘한 감동을 안긴다. 유지호라는 사람. 30분 전부터 줄곧 보고 있는 얼굴인데 갑자기 묘하게 낯설다. 이게 무슨 감정인지 모르겠다. 이렇다 할 이상형은 없지만 만약 그런 게 있다면 이런 사람이 아니었을까 싶은. 오래 전부터 막연히 기다려왔던 사람이 어쩌면 이 사람일지도 모른다는, 한없이 낯설고 신비한 순간이, 단비의 마음을 요동치게 한다. 그럼에도 단비는, 단지 아름다운 배경의 힘이 작용한 것 뿐이라고 애써 설렘을 가라앉힌다. 그래, 그럴 것이다. 걸을 수록 가까워지는 건 트램정류장만이 아니었으니까. 프라하의 젖줄인 블타바 강이 묘술을 부린 게 분명하다고 스스로를 설득 중이다. 유럽 특유의 고즈넉한 분위기가 물씬 풍기는 강변과 고혹적인 노을로 붉게 물든 하늘. 그리고 그보다 더 그럴 듯한 동양인 남자. 한 폭의 유화 같은 장면이 단비의 시선에서 곱게 이미지화되고 있다.

"다 왔네. 여기서 타는 거 맞죠?"

"네, 저기 오네요. 27번."

"그럼 조심히 가요. 오늘 대화 즐거웠어요."

"근데 저 아직 답을 못 들었는데?"

"아... 그거요? 어디 보자... 단비씨가 저보다 두 살 정도 어리다고 했으니까... 그쪽이 한국에서 산 시간만큼? 답이 됐나요?"

"맙소사!"

용수철처럼 튀어나온 단비의 목소리가 트램정류소에 요란스럽게 울려퍼진다. 하지만 지호는 크게 개의치 않는다는 듯 최대한 자연스럽게 행동한다.

"어, 왔다! 왔다! 얼른 타요."

지호의 성화에 떠밀려 얼떨결에 시가전차에 오른 단비. 열차에는 듬성듬성 빈자리가 보인다. 창밖에 우두커니 서 있는 지호도 보인다. 전차 밖에 서 있는 지호는 입을 가리며 최대한 작게 웃으려 애쓴다. 아마도 좀 전에 나눈 대화의 타격으로 약간 얼이 빠진 듯한 단비의 표정 때문이리라. 단비는 그런 지호의 모습이 가장 잘 보이는 자리로 가서는, 할 수 있는 한 가장 요염한 자태로 등을 붙이고 앉았다.

"말도 안 돼. 남의 나라에서 20년을 넘게 살았다고? 근데 저 사람, 왜 자꾸만 웃는 거야, 신경 쓰이게."

단비가 구시렁거리며 복화술을 하는 사이, 전차는 이미 자리를 뜨는 중이다. 덜커덩하는 움직임이 커질수록 지호는 멀어져간다. 터치스크린의 축소 기능을 누른 것처럼 손톱만큼 작아지더니 마침내 점처럼 아득해진다. 그제야 딴 곳으로 시선을 돌린 단비는 물끄러미 창밖으로 빨려 들어간다.

'아, 몰라 몰라. 생각을 말자.'

유럽의 트램은 이동식 전시관이나 다름없다. 창틀은 한 사람을 위한 액자가 되고, 매 순간 역동적으로 살아 움직이는 그림이된다. 그 덕에 잠시 어수선했던 마음도 빠르게 안정을 찾아간다. 지호로 꽉 찼던 창틀 캔버스는 이미 다른 피사체들로 허전할 틈 없이 채워진다. 프라하 구시가에는 서양 건축사의 모든 양식이 한자리에 모여 있는데, 단비도 일찌감치 현혹되고 말았다. 하늘로 향하고 싶은 인간의 종교적 열망을 표현한 고딕 양식부터 대칭적인 구조와 비율로 웅장함을 드러낸 르네상스, 17세기의 바로크와 18세기의 로코코, 19세기말에서 20세기 초에 인기를 끈 '새로운 예술'을 뜻하는 아르누보까지 이루 말할 수 없이 다채롭다. 프라하가 '세계 건축의 박물관'이라는 별명은 실로 과장이 아니었다. 오랫동안 책으로만 접해오던 것들이 버젓이 실존하고 있다는 게 단비는 여전히 꿈만 같다. 한숨 자고 나면 사라질 신기루처럼, 말간 거짓말처럼 가까운 듯 먼 느낌이다. 그렇다면 조금 전까지 주고받던 지호와의 유쾌한 대화도 모두 허구인 걸까. 단비가 곰곰한 얼굴로 외투에 손을 집어넣는다. 품이 깊은 주머니에서 주섬주섬 전화기를 꺼내 들었다.

"Ahoj. jak se máte?"

(안녕. 잘 지내?)

"A ty? Jak ses měl?"

(너는? 어떻게 지냈어?)

"Ano, Taky jsem byl v pohodě. co jsi dělal doma?"

(응, 나도 잘 지냈어. 집에서 뭐 했어?)

별다른 기복 없이 한결같은 톤. 청아한 음색. 가늘지만 나긋해서 편안하게 듣기 좋은 목소리. 무엇보다 시차를 고려하지 않고 언제든 가벼운 마음으로 걸 수 있는, 지금으로서는 유일무이한 대상이, 전화기 너머에 있다. 단비의 스마트폰 화면 속 수신자 정보에 뜬 '502호 수빈 언니'는 오늘도 정오의 햇살처럼 살갑다.

"아, 어려워. 체코어로 받아주는 건 여기까집니다, 백단비 학생. 수업은 어떠셨나요?"

"수업이 문제가 아니라고요. 오늘 내가 누굴 만났는지 알아?"

"왜? 전 남친이라도 만났어?"

"그 양다리 구제불능X? 걔 얘기가 여기서 왜 나와! 으~~"

단비는 일순간 전 남자친구의 얼굴을 떠올리고 말았다. 눈을 질끈 감고는 통화를 이어 나간다. 그러는 동안에도 고개를 좌우로 격하게 흔들어, 황급히 그 얼굴을 지운다.

"그럼 누군데? 누굴 봐야 그 정도로 목소리가 상기될 수 있는 거냔 말이지."

"그 있잖아 왜~ 올드타운 뒷골목에 새로 생긴 한식당 기억나? 거기서 봤던..."

"마민카식당 사장님?"

"아니, 말고. 사장님이랑 같이 있던..."

"아~ 음식 서빙해 주던 그 재밌는 분?"

"그때부터 그런 캐릭터였나? 아무튼 그 사람이 글쎄, 우리 어학원에서 강사로 일한다는 거야."

"능력자였네? 재밌다. 그래서?"

"오홀~ 낚였군요 그대~ 궁금하면 당장 접선할까? 언니 지금 집이지?"

단비가 한쪽 귀에 전화기를 바짝 붙인 채로 슬금슬금 자리에서 일어선다. 거침없이 내달리던 트램도 서서히 속도를 줄이더니 곧이어 문이 활짝 열렸다. 성능 좋은 냉장고 문을 열었을 때처럼 차디찬 공기가 단비의 얼굴로 세차게 들이쳤다. 그 바람에 잠깐 눈살을 찌푸렸다가 이내 표정을 되찾는 단비. 잰걸음으로 트램을 벗어나 도보를 걷는 동안에도 전화기는 내내 단비의 오른쪽 귀에 찰싹 붙어있다.

"응, 알았어, 언니~ 나 지금 막 우리 동네에 내렸어. 아후, 코 시려~"

타국에 와서 이런 표현을 쓰게 될 줄은 정말이지 몰랐지만 어느새 우리 동네라 부르게 된 6구역이 단비는 꽤 마음에 든다. 전체적으로 통일감을 주는 주택들과 블록마다 반듯하게 놓인 휴지통. 보는 것만으로도 숨통이 트이는 나무 벤치와 심심찮게 마주치는 반려견들의 산책. 아무리 추운 날에도 길담배를 태우는 이웃집 아기 엄마도 이제는 많이 익숙해졌다. 같은 아파트의 주민인 동시에 마음의 안식처가 되어주는 수빈 언니는 말해 뭐할까. 뭐 하나 마음에 들지 않을 이유가 없다. 어느새 '우리 동네'가 되어버린 이곳이 단비는 썩 마음에 든다.

프라하 6구역

프라하 6구역은 프라하성 뒤편에 자리한 마을이다. 수빈과 단비의 아파트는 프라하 6구에 있다. 프라하, 하면 떠오르는 전통적인 유럽풍 주택들이 주를 이룬다. 날씨가 따뜻해지면 성을 찾는 관광객들로 연일 붐비겠지만 요즘 같은 겨울철에는 비교적 한적한 편이다. 구시가지 광장이 있는 아랫동네까지는 차로 약 15분 남짓 떨어져 있다. 중심가에서 그리 멀지 않으면서도 평범한 일상을 보장받을 수 있다는 점이 수빈을 안심시켰다. 집 안에 가만히 들어앉아 있으면 여기가 외국이라는 사실도 까무룩 해질 만큼 평화로운 겨울 아침. 찬 기운을 머금은 푸르스름한 빛이 세상을 깨운다. 창밖에는 목화솜 같은 눈이 펄펄 휘날린다. 단비는 간밤에 수빈의 침대에서 잠이 들었다. 폭신한 네모 위에서 간신히 실눈을 치켜뜨며 "으흐으… 지금 몇 시야?"하고 가느다랗게 물었고, 그 물음에 답을 준 건 아이보리색을 띠는 극세사 잠옷이다. 아니, 그런 차림을 한 수빈이다.

"7시 5분. 좀 더 자~"

헐렁한 파자마룩으로 부엌 식탁에 앉아있는 수빈은 잠시 손가락들이 하는 일을 멈추고 노트북 화면에 떠 있는 디지털시계를 한 번 더 확인한다. 그 사이 단비는 이불을 부둥켜안으며 으응, 하고 짧은 존재감을 어필하고는 이내 침묵 속으로 사라졌다. 침대방에서 부엌까지의 반경은 약 5미터. 수빈은 한 시간 전부터 식탁 의자에서 가부좌를 튼 자세로 요지부동이다. 혹시라도 단비의 곤한 잠을 깨우기라도 할까 봐, 손가락 마디마다 온 신경을 곤두세운다. 고양이 걸음처럼 최대한 사뿐히 자판 위를 걷고 있었는데, 결과적으로는 단비를 깨운 꼴이 되었으니 소용없는 배려였다. 하긴. 아무리 작은 소리라 해도 소음이니까.

타다닥. 타다다닥. 단비는 여전히 잠들어 있고, 수빈은 다시 불규칙한 자판음을 규칙적으로 쏟아내고 있다. 그런데 하체가 좀 찌릿하다. 자신도 모르게 몰입해 버린 나머지 순환에 문제가 생긴 것도 몰랐다. 다리가 저릿해 오지만 않았다면 조금 더 버텼을지도 모르지만, 욕심을 부릴 만큼 촌각을 다투는 일은 아니니까. 정확히 말하자면, 그런 일들과 멀어지기 위해 이곳에 있는 거니까. 수빈은 노트북 모니터에

두었던 시선을 잠시 거두고 크게 한번 심호흡을 한다.

"쓰후우읍... 하아..."

들숨을 지나 날숨으로 넘어가는 지점에서 지그시 눈을 감았다가 천천히 눈꺼풀을 들어 올린다. 행동은 하체로 옮겨간다. 뻐근하게 뭉친 다리를 풀고 종아리도 가볍게 주무르니 다리가 한결 가벼워졌다.

"휴... 좀 낫네."

수빈은 짧은 혼잣말을 토한다. 영어로는 private speech라고 하는데, 스스로에 대한 지도. 다시 말해, 자기 행동 규제를 위해 자신에게 하는 말이다. 청각적으로 들리기는 하지만 누군가를 위해서라거나 타인을 향하려는 의도는 없는, 말 그대로 저스트 혼잣말. 최근 들어 그런 말을 하는 횟수가 부쩍 늘었다. 자연스러운 현상이고, 수빈은 그런 자신에게 조금씩 더 익숙해지는 중이다. 그렇지만 오늘처럼 단비가 게스트로 있는 날에는 행동에 버퍼링이 걸린다. 그러지 않으려고 하는데도 자꾸만 과한 의식을 하게 된다. 물론 단비는, 수빈이 그렇다는 걸 전혀 알아채지 못할 테지. 그래서 오히려 다행인 것도 있다.

수빈은 여전히 식탁 의자에 몸을 맡기고 있다. 다리의 저린 느낌이 완전히 사라질 때까지 기다렸다가 식탁 다리 옆에 가지런히 벗어둔 슬리퍼에 두 발을 쏙 밀어넣는다. 어떤 무늬도 장식도 없는 폭신한 회색 실내화를 신고 천천히 침대방으로 걸어간다. 반쯤 열려 있는 문틈 사이로 단비가 보인다. 태아 자세로 몸을 동그랗게 만 채로 다시 잠이 들었다. 수빈은 몇 초간 그 모습을 흐뭇하게 지켜보고는 조심스럽게 문고리를 돌린다. 문을 닫고 돌아서니 창밖은 여전한 화이트 모닝. 새하얀 눈을 덮어쓴 빨간 지붕들이 수빈을 반긴다. 가만히 서서 그 광경을 바라보다가 나른한 아침을 깨우듯 한껏 기지개를 켠다. 두 팔을 하늘 위로 쭉 뻗는 순간에 으읍, 하는 소리가 새어 나와 급하게 입을 틀어막았다. 처음에는 흠칫 놀랐는데 조금 지나니 피식 웃음 났다. 그러다 마지막에 든 생각은 어쩔 수 없이 조금 씁쓸해졌다.

'그래 맞아. 누군가와 함께 산다는 건 이런 거였지.'

수빈은 지금 막 두 명의 철학자를 떠올렸다. 결혼에 관해 비슷한 견해를 남긴 아리스토텔레스와 막스베버다. 고대 그리스 철학자인 아리스토텔레스는 인간을 사회적 동물이라 했고, 독일의 사회학자인 막스 베버는 결혼을 고도의 사회적 행위라고 일컬었다. 결국 결혼이라는 제도는 '인간은 혼자서는 살아갈 수 없다.'라는 사회적 인식 안에서 발생된 것인데. 그렇다면 결혼에 실패한 수빈은 사회적 동물이 아니기 때문일까. 아니면, 고도의 사회적 행위를 수행할 능력이 부족해서였을까. 머리가 지끈하다. 걷잡을 수 없이 들끓는 상념들을 몰아내기 위해 다시 자판을 두드린다. 타닥. 타닥다닥다. 수빈의 열 손가락이 불규칙한 자판음을 규칙적으로 일으킬 때마다 늘어진 소매단도 함께 너풀거린다. 살면서 이렇게까지 글쓰기에 집중해 본 적이 있었던가. 수빈은 스스로도 놀랄 정도로 쓰는 행위에 빠져든다.

토요일 오전 8시 12분 / K스토리 발행글
제목: #01. 프라하에서 쓰는 이혼일기

일 년 전 이 무렵, 그와 완전히 남남이 된 나는 그제야 이혼의 사전적 의미를 찾아보았다. 부부가 합의 또는 재판에 의하여 혼인 관계를 인위적으로 소멸시키는 일, 이라고 기술돼 있었다. 단출한 문장이었지만 쉬이 덮을 수가 없어서 읽고 또 읽기를 반복했다. 부부. 합의. 재판. 혼인 관계. 소멸... 한 글자 한 글자가 심장에 유리조각처럼 박혀버려서 편히 숨을 쉴 수가 없었다. 이미 내상을 입은 자리이기에 조금만 건드려도 통증이 거세져왔다.

사람들은 말했다. 요즘 시대에 이혼이 뭐가 대수냐고. 그게 뭐 별거냐고. 마침 아이도 없으니 잘된 일이라고. 이참에 그냥 다 훌훌 털어버리고 새 사람을 만나라고, 말했다. 그들 나름의 위로였다는 걸 안다. 그렇지만 나로서는 더는 들어줄 용의가 없었다. 위로도 질책도 그 어떤 말도. 가능한 모든 소리들을 보이콧하고 싶었다. 그래야만 살 수 있을 것 같았다. 1년 가까이 그런 생각에 끌려 다니며 시달렸는데... 어느날엔가 불현듯 결심이 섰다.

'그래, 거기에서 다시 처음부터 시작하는 거야.'

어디라도 상관은 없었지만, 기왕이면 그곳이길 바랐다. 딱 한 번 그와 허니문으로 함께 걸었던 프라하. 이곳에서 나는 그날 우리의 시작부터 하나씩 지워 나가기로 했다. 시간이 얼마나 걸릴지, 이미 벌어진 일을 지운다는 게 가능하기나 한 건지, 그렇다 하더라도 그게 무슨 의미가 있을지, 사실 그런 것들은 아무래도 괜찮았다. 아픈 과거와 멀어질 수 있도록 시간을 벌 수만 있다면 세상 사람들 눈에는 부질없어 보일지라도, 내겐 의미 있는 일이 될 거라 믿었기에. 그 믿음이 내 안의 용기를 깨우고 있다. 과거를 외면하지 않을 용기. 슬픔을 직면할 용기. 그런 용기는 기억 저편으로 나를 데려간다.

이제는 의미를 잃어버린 기억이지만 부러 외면하고 싶지도 않은 순간이 있다. 우리가 아직은 우리였을 때. 부부라는 이름으로 삶을 공유했을 때의 일이다. 유독 잠이 오지 않는 무료한 밤이었다. 보다가 잠에 들 요량으로 고른 영화의 제목은 <원스>였다. 오래 전에 개봉한 작품이고 OST도 워낙 유명해서 노래는 익히 들었지만, 정작 줄거리는 모르는 그런 영화 중 하나였다. 이야기가 절반 정도 무르익었을 때 남편은 내 다리를 베고 누워 있었다. 하지만 잠에 들기는커녕 되려 눈빛이 살아났다. 영화는 기대보다 좋았다. 아일랜드를 배경으로 펼쳐지는 음악적 서사는 우리를 설득하기에 충분했다. 몇 마디는 안되지만 체코어 대사도 있었는데, 남자가 묻는다.

"체코어로 '그를 사랑해?'를 뭐라 그래?"

여자가 답한다.

"밀루 에시 호"

그랬더니 다시 남자가,

"그럼... 밀루 에시 호?"

남자는 그녀가 여전히 남편을 사랑하는지 확인하고 싶었던 것이다. 그의 물음에 대한 여자의 답은 "밀루유 테베 Miluju tebe" 였다. 너를 사랑해. 밀루유 테베. 여자는 그게 무슨 뜻인지 남자에게 설명하지 않았다. 그럼에도 불구하고 남자는 알아듣지 않았을까. 때론 말보다 확실한 것들이 있다. 그를 바라보는 그녀의 떨리는 눈빛과 수줍은 미소가 이미 사랑을 말하고 있으니까. Once. 단 한 번. 이 영화의 제목처럼 누구에게나 사랑의 기적 같은 순간이 한 번은 존재하는 거라면, 그와 나는 그 한 번의 기회를 놓쳐버린 것은 아닐까.

"밀루 에시 호?"

"밀루유 테베."

그때의 우리는 영화 속 대사들을 우스꽝스럽게 따라하며 깔깔거리다 서로의 체온을 베개 삼아 스르륵 잠이 들었다. 밀루유 테베. 나는 다시 체코에 와 있지만 이제는 이 말을 들려줄 이도, 들어줄 이도 없다. 사랑한다는 말을 물론이고, 잘 지내냐는 안부조차 물을 수 없는 사이가 된 우리. '우리'라는 말과도 멀어져야만 하는... 나와 당신의 이야기를 우리의 사랑이 시작된 이곳, 프라하에서 쓴다. 기억을 붙잡기 위해서가 아니라 잘 떠나 보내기 위해서. 깨졌지만 아름다웠던 시간에 대한 예를 갖추기 위해서.

에세이를 가장한 일기. 일기를 가장한 호소문. 장르를 규정 지을 수도, 목적을 설정할 수도 없는, 날 것 같은 한 편의 글이 이제 막 수빈의 손에서 피어났다. 플랫폼의 운영진으로부터 글을 올려도 좋다고, 이메일로 작가 승인을 받은 지 꼬박 일주일 만이다. 이로써 첫 번째 글을 완성한 수빈은 맞춤법 검사를 진행하다가 '이런 기분, 정말 오랜만이네.'라고 생각하며 몇 줄의 빨간색을 지난다. 수정된 원고는 침착한 손끝으로 저장되었다. 그러고는 우상단에 초록색으로 떠 있는 '발행'이라는 글자에 마우스 커서를 갖다 대는데... 놀란 심장이 갑자기 동요를 일으킨다. 역시 안 되겠지, 하는 마음으로 노트북 화면을 덮으려다가 다시 한번 길게 호흡을 가다듬어 본다. 그렇게 몇 분이나 흘렀을까. 결연한 얼굴로 마른침을 삼키고는 온몸의 신경세포를 오른쪽 검지손가락에 집중시킨다. 클릭. 마침내 클릭. 새 글을 발행했다. 내면의 생각들을 끄집어내서 쓰고 다듬고 맞춤법을 확인하고

띄어쓰기를 살피고 비로소 발행하고. 이러한 일련의 과정들이 수빈에게는 쓰는 행위에 대한 경건한 의식처럼 다가왔다.

'사람들이 비난하면 어떡하지?'

'만에 하나... 그 사람이 읽기라도 하면?'

'당장 삭제해 버릴까? 아냐... 괜찮아 지수빈. 괜찮을 거야...'

잠깐의 후련함 뒤에는 온갖 걱정이 엄습한다. 수빈을 관통한 실체 없는 불안은 기어이 표시를 내려고 이마에 식은 땀으로 송글하게 맺힌다. 앞머리를 축축하게 적신 땀방울들을 손등으로 가볍게 닦아내며 맥없이 노트북을 덮는다. 무언가 큰 일을 치른 사람처럼 초점을 잃은 눈으로 멍하니, 그저 멍하니 앉아있다.

화이트 모닝

　수빈은 옅은 우드톤으로 제작된 아담한 부엌 조리대에 선다. 아니 그보단, 기대어 있다는 표현이 더 적확할지 모른다. 겨우 힘을 내어 커피포트에 생수를 따르다 말고 돌연 거실로 걸어 나간다. 좀 전까지 없던 기운이 어디서 솟았는지 창을 반쯤 가리고 있던 커튼을 획 하니 걷어 젖힌다. 길고 묵직한 천 뭉치를 한쪽 끝으로 몰아서 끈으로 야무지게 묶고는 흡족해진 눈으로 밖을 내려다본다. 창밖에는 여전히 눈이 내린다. 하얀 커튼에 가려진 흰색 창 너머로 하이얗게 눈발이 날린다. 매일 보는 풍경이지만 어제와 또 다르게 눈이 간다. 수북하게 쌓인 함박눈 덕분에 거리에는 폭신한 화이트 카펫이 깔렸다. 당장이라도 뛰어 내려가 발 도장을 꾹 찍고 싶게끔, 그런 충동이 일만큼 벅차게 쌓였다고 생각하던 찰나에, 단비가 뒤에서 말을 걸어온다.

"우와... 저게 다 눈이야?"

"깼구나. 언제 나왔어?"

"그러는 언니는 언제부터 여기 있었던 거야? 대체 잠을 자긴 자는 거야?"

푹 자고 일어나서 기운이 펄펄 넘치는 단비가 댓바람부터 잔소리를 쏟아내려 하자, 수빈은 슬그머니 말머리를 돌린다.

"나 방금 커피 마시려던 참인데, 너도 한 잔 줄까?"

"모닝커피? 좋지요~"

미세하게 갈라지는 목소리로 호응하는 단비를 귀여운 반려묘를 보듯 관찰하는 수빈. 그러다 손에 들고 있는 커피포트의 무게를 자각하고는, 걱정스럽게 묻는다.

"아니다. 너는 꿀물 마셔야 하는 거 아냐? 속 안 부대껴?"

"글쎄… 괜찮은데? 젊다는 게 이런 거 아니겠냐며. 으핫. 꿀물은 됐고 물이나 한잔 주시어요, 집주인 마마님."

'마마님'의 의미가 그런 게 아닌 줄 알면서도 순간적으로 장난기가 발동한 수빈은 괜한 볼멘소리로 관심을 끈다.

"뭐? 그렇게 말하니까 내가 되게 나이 든 것 같잖아."

수빈이 건넨 물컵에 코를 박고 있던 단비가 난색을 표하며 거듭 정색을 한다.

"저기요. 억울한 건 저라니까요. 언니랑 나랑 다섯 살이나 차이가 나는데 아무도 그렇게 안 보잖아? 언니가 아무리 동안이라도 그렇지… 나 원 참!"

단비는 당최 이유를 모르겠다는 듯 어깨를 한껏 들어 올렸다가 툭 떨어뜨린다. 그러고는 특유의 뾰로통한 표정을 하고선 소파에 쓰러지듯 앉으며 말을 이으려는데, 주마등처럼 어젯밤 기억이 차라락 떠올라서 순간적으로 말문이 턱 막힌다.

"… 왜 그래? 왜 급 음소거 모드야?"

"나 어제 술 얼마나 마셨어?"

"보자… 얼마 안 마셨지. 와인 두 병에 맥주 세 병 정도? 주당 백 선생에게 그 정도는 약과 아냐?"

"아후 못살아, 백단비~ 이 술고래! 똥멍충이! 아… 어쩐지 머리가 핑 돌더라."

"술이 달다나 뭐라나. 하여간 그 남자가 어떻고 저떻고 하면서 물처럼 들이붓더라니까."

"잠깐만! 남자라니? 누구?"

단비는 어제 올드타운에서 지호와 헤어진 이후로 줄곧 수빈과 함께다. 중간에 잠깐 세 층 아래에 있는 자신의 집에 들러 로제 와인과 살라미(이탈리아에서 즐겨 먹는 염장한 마른 소시지)를 챙겨 온 것 말고는 줄곧 수빈의 집에서 머무르는 중이다. 같은 아파트에 살기 때문에 보통은 늦게까지 놀다가도 잠은 꼭 각자 집에 가서 자는데, 어제는 단 한 칸의 계단도 내려갈 수 없을 정도로 만취해 버렸다.

"정말 기억이 안 난다고? 하나도? 엊저녁 내내 그 사람 얘기만 했는데?"

수빈은 입가에 므흣한 미소를 띠며 단비의 어쩔 줄 모르는 얼굴을 관전하듯 살핀다. 그러는 사이에도 손은 쉬지 않고 움직여, 드립백으로 내린 따뜻한 아메리카노 두 잔을 완성했다. 식탁 위에서 모락모락 피어난 커피 향이 온 집안에 향긋하게 스며든다. 조금 전에 뜯은 포장지에는 과테말라 원두를 강배전으로 로스팅해서 산미가 덜하다고 적혀 있다. 고소함에 단맛까지 추가된 중독성 강한 향이 온 집안에 흐릿하게 남아있던 술내음까지 그윽하게 감싸 안는다.

"얼른 와. 커피 식겠다."

"아우 머리야. 내가 술을 끊던지 해야지, 진짜… 후…"

"난 못 끊는다에 올인"

"아니, 말이 그렇단 거지. 언니도 참. 근데 이 노트북은 뭐야?"

"노트북이 노트북이지 뭐. 커피 쏟을지 모르니까 치워야겠다. 잠깐만."

수빈은 들키고 싶지 않은 걸 들킨 사람처럼 횡설수설한다. 침대방 서랍에 노트북을 넣어두고 나와서는 애써 태연한 얼굴로 단비를 본다. 애꿎은 커피잔을 만지작거리며 잔

위의 넓은 곡선을 따라 오른손 검지를 빙빙 돌리다가, 마지못해 입을 열었다.

"그냥 좀 따분해서."

"또 얼렁뚱땅 화법 나온다. 이럼 반칙이지~ 나는 시시콜콜한 것까지 다 말하는데! 서운해 정말."

"내가 그랬나… 진짜 별거 아니라서 그래. 할 말이 생기면 그때 할게."

단비가 좋은 핑계를 잡았다는 듯, 새침하게 말한다.

"치. 그럼 어제 내가 한 얘기도 못 들은 걸로 해 줘, 그래야 공평하지. 안 그래?"

"뭐야, 너! 기억 안 난다더니~"

"당연히 기억은 안 나지~ 기억은 안 나는데... 하여간 어제 내가 뭐라 그랬건 그건 내가 말한 게 아니라 술이 한 거라고. 응?"

단비만큼은 아니지만 수빈도 어제는 꽤 마셨기 때문에 간밤에 나눈 그 많은 대화가 세세히 다 기억나진 않는다. 그래도 단비의 기억력을 일정 부분 이상 상기시켜 줄 정도는 가지고 있는데, 그중에서도 가장 뚜렷하게 떠오르는 장면은,

"있잖아, 언니. 겨우 두 번 마주쳤을 뿐인데 친구 하자고 하는 건 무슨 의미일까?"

"음… 둘 중에 하나 아닐까. 정말 친구가 되고 싶거나 꾼

이거나."

수빈은 대수롭지 않은 듯이 말을 받으면서도, 눈으로는 꽤 진지하게 단비의 심리를 살핀다.

"꾼? 에이~ 그러기엔 너무 담백하게 생기지 않았어?"

"벌써 이성을 잃으셨네요, 아가씨. 담백하게 생긴 건 어떻게 생긴 건데? 설명할 수 있어?"

"과하지 않은 거지. 옷도 신발도 헤어스타일도. 하다못해 눈빛도 말야."

"오~ 눈빛이라…"

"그 말투 거슬려~ 난 그냥 단순한 호기심에서 말하는 거라고."

마음을 들키지 않으려, 애써 딴청을 피우며 최대한 가볍게 말하려고 애쓰는 단비가, 수빈은 내심 귀여우면서도 한편으론 조금 염려스럽다. 새롭고 신기한 것을 좋아하거나 모르는 것을 알고 싶어 하는 마음이 호기심이다. 인간이 가진 가장 근원적인 특성인 호기심이야말로 사랑의 본질이 아닐까. 누군가에게 자꾸 눈이 가고, 볼수록 더 궁금해지고, 알아갈수록 깊어지는 상태가 되는 것. 사랑은 대체로 그렇게 시작되니까.

"백단비 양. 단비 양이 아직 어려서 잘 모르시나 본데요. 사랑의 다른 이름이 호기심이라고요."

"으~ 징그럽게 무슨 사랑~ 그리고 사랑인지 호기심인

지! 나도 그 정돈 구분할 줄 안다고. 아, 정말! 그만 웃어~ 술 어딨어!"

"우리 단비 씨~ 요거 요거 귀여워 죽겠네."

어젯밤 수빈의 눈에 비친 단비의 모습은 정말이지 사랑스러웠다. 그 모습에 한없이 빠져들다가도 마냥 흐뭇해할 수만은 없는 자신의 처지가 한편으로는 측은하기도 했다. 수빈은 그런 상태를 동경한다. 누구든 자유롭게 만날 수 있고, 만나다가 마음이 맞으면 거리낌 없이 좋아질 수도 있는 그런 상황. 그런 상태를. 수빈은 더 이상 그럴 수가 없다. 누구도 안 된다 말하지 않았지만 왜인지 더는 그러면 안 될 것만 같다. 그런 마음이 들어서인지는 몰라도 순수하게 누군가에 대한 관심을 키울 수 있는 단비가, 수빈의 눈에는 닿을 수 없는 빛처럼 찬란하다.

공간이 주는 의미

어머니가 생전에 운영하셨던 허름한 밥집에는 열 평 남짓한 방 한 칸이 달려있었다. 해국은 그곳에서 어린이가 되고, 소년이 되고, 청년이 되었다. 몸은 계속 성장하는데 공간은 한 뼘도 자라질 않았다. 도리어 방이 점점 더 좁아지고 있는 건 아닌가, 하는 의구심이 들기도 했다. 그럴 리가 없다는 걸 알면서도 그런 기분까지 지울 수는 없었다. 흔히들 쉽게 말한다. 인간은 적응의 동물이라고. 그러니, 그만큼 오래 살았으면 무뎌지고 길들여지고 익숙해질 법도 한데 그러기엔 해국이 너무 많이 커버렸다. 말할 것도 없이 불편했으나, 불편하다는 마음을 먹는 것이 외려 더 불편해서 되도록 그런 생각은 하지 않으려 한다. 다만 알고 싶다.

'공간을 소유한다는 건, 쓸만한 공간을 갖는다는 건 어

떤 기분일까?'

가장 나다운 시간을 사유할 수 있는 공간과 그런 장소가 일으킬 변화들이 궁금하다. 머릿속으로는 모든 게 가능하다. 최소한의 생필품만 들일 수 있는 단칸방이 아닌, 좋아하는 것들까지 재지 않고 들일 수 있는 넉넉한 공간. 갈 곳이 없어서 하는 수 없이 지내는 게 아니라 자꾸만 머물고 싶어지는 그런 곳, 그런 자리를 습관처럼 가슴에 품었다. 무수히 많은 가상의 공간들이 해국의 머릿속에서 지어지기도 하고 부서지기도 한다. 어떤 날에는 상상으로 들떴다가, 또 어떤 날에는 하릴없이 초라해졌고, 그러다 어느 순간부터는 더는 아무것도 바라지 않게 되었다. 요원한 일로 마음을 다칠 바에는 무감해지는 편이 훨씬 간편하다는 걸 깨달았기 때문이다.

그랬던 해국에게 거짓말 같은 공간이 생겼다. 작지만 특별한 장소를 소유하게 된 것이다. 임대로 얻은 곳이기에 엄연히 말하면 완전한 소유라고 볼 수는 없지만 그런 건 대수가 아니다. 어차피 삶이란 유한한 것이고, 한 떨기 꽃처럼 피고 지는 우리들에게 영원한 소유 같은 건 애초에 성립될 수 없는 허상이니까. 그렇게 치부해 버리기로 마음을 먹으면 크게 아쉬울 것도 없다. 중요한 건, 해국이 머무르는 동안에는 그게 얼마간이든 해국의 차지라는 것. 나의 공간, 나의 식당, 나의 마민카. 해국은 지금에 만족한다. 그런데 하늘에 계신 엄마도 좋아해 주실지는... 자신이 없다.

"해국아, 왜 하필 식당이야. 엄마 사는 꼴이 지겹지도 않던? 넌 그렇게 안 살게 하려고 공무원 돼라 노래를 불렀던 건데... 왜 또 거기에 있어, 이 녀석아~"

엄마가 살아 계셨다면 십중팔구 이렇게 말씀하셨겠지, 하고 씁쓸한 생각에 잠긴다. 잔소리라도 좋으니 목소리만이라도 들을 수 있다면... 그럴 수만 있다면 얼마나 좋을까. 그럼 해국은 어린애처럼 천진하게 웃으며 이렇게 말하리라.

"나라고 왜 아니겠어. 나도 엄마만큼이나 지긋지긋하지. 그래서 늘 도망치고 싶었거든? 그런데 그거 알아? 엄마랑 나. 우리 모자가 함께 추억할 수 있는 장소가 식당뿐이더라고. 여기뿐이더라고. 그래서... 그래서..."

무모하다고 해도 좋다. 어리광이라 해도 상관없다. 해국은 지금 자신만의 방식으로 추모하는 중이다. 세상의 전부였던 어머니. 가장 가까이에 있으면서 가장 멀게 대했던 하나뿐인 혈육. 이제 와 부질없는 일인 줄은 알지만 그녀를 잃고야 그녀가 궁금해졌다. 누구의 엄마라는 성가신 계급장 따위 떼어버리고, 있는 그대로의 그녀를 본다. 먹는 일에는 별 흥미도 없으면서 생계를 위해 밥장사를 했고, 식당 말고는 갈 곳도 없으면서 여름만 되면 하늘거리는 원피스를 사서 걸어놓곤 했다.

"국아. 저기 좀 봐라. 세상에~ 그림이 따로 없다."

"프라하? 유럽이 다 저렇지."

"누가 보면 우리 아들 외국물 좀 먹어본 줄 알겠네?"

"물맛이 다 거기서 거기지. 꼭 마셔 봐야 물인 줄 아나 뭐."

"으휴. 누굴 닮아 저렇게 멋대가리가 없는지... 엄마 눈에는 저기가 천국이다. 죽기 전에 유럽 땅 한 번 밟아보면 소원이 없겠네~"

"그럼 식당부터 접어야지."

"접긴 왜 접어! 보름만 쉽니다, 하고 안내문 한 장 써 붙이면 될 것을."

"엄마가? 보름 씩이나? 예예~ 잘도 그러시겠네요."

"보름은 너무 긴가? 그럼 한 열흘? 아니다. 일주일도 과분하지. 아이고~ 생각만 해도 좋네, 좋아."

프라하. 언젠가 TV로 여행프로그램을 시청하던 어머니가 넋을 놓고 바라보던 곳이다. 그날의 대화가 없었다면, 오늘날 해국이 이곳에 있을 이유도 없다. 유일한 가족을 잃고 붕괴되던 날. 해국은 마음먹었다. 어머니가 말하던 천국에 가보기로 말이다. 다른 계산은 하지 않았다. 그래야 할 동력이 사라졌으니까.

신애 씨는 해국을 움직이게 하는 커다란 동력이었다. 새벽 다섯 시부터 문을 여는 대중탕에서 달목욕을 즐기는 게 유일한 낙이었으며, 단골손님들 헛걸음할까 하는 걱정에 하루도 온전히 쉬질 못했던 신애 씨. 신애 씨... 살면서 그렇게 불릴 일은 많지 않았지만 그녀에게도 엄연한 이름 석 자가 있었다. 믿을 신(信), 사랑 애(愛). 서신애. 해국의 신애 씨는 3년 전 그 봄에 향년 52세의 나이로 잠들었다. 폐암 선고를 받은 지 일 년도 채 되지 않은 시점이었다. 담배라면 질색을 하는 그녀였기에 주치의는 조리 매연을 가장 유력한 원인으로 꼽았는데, 그런 말을 듣고 온 날조차도 기어이 가스 불에 밥을 안쳤다. 이제는 과거형으로밖에 말할 수 없는 한 여인. 세상은 어머니를 빠르게 지우겠지만 해국은 그럴 수가 없다. 그래야 할 이유도, 그러고 싶은 마음도 없으니, 사는 내내 미련으로 질척거릴 게 뻔하다. 잠자는 모든 기억을 흔들어 그녀에게 간다. 조금이라도 더 모정의 품을 느끼고 싶다. 엄마가 해주시던 음식, 엄마가 서 있던 자리, 엄마의 모든 시간이 머물던 공간... 지금으로서는 식당이 어머니와의 기억을 붙잡을 수 있는 유일한 수단이다.

공간이 내뿜는 기운 같은 건 육안으로는 결코 확인할 수 없을 테지만, 어떤 언어로도 설명할 수 없는 고유의 에너지는 어느 공간에나 존재하게 마련이다. 마민카식당. 이곳도 그렇다. 해국뿐 아니라, 해국의 음식을 맛보러 오는 이들까지 품어준다. 마치, 어머니의 품처럼 푸근하고 따뜻하게 안아주고 있다. 한날은 슬로바키아의 소도시인 질리나

(Zilina)라는 지역에서 손님들이 대거 찾아왔는데, 그중에서 가장 붙임성이 좋은 한인 남성 A가 이런 말을 남겼다. "이야~ 마민카가 이런 곳이었군요. 먼저 다녀간 사람들이 블로그에 올린 글을 보고 찾아왔는데요. 실제로 보니까 더 아늑하고 좋습니다. 사장님은 진짜 복받으셨어요. 프라하에서 내 식당을 연다는 건요, 아무나 이룰 수 있는 꿈이 아니잖아요. 안 그래요? 허허."

해국은 무슨 말을 꺼내야 할지 몰라서 "네, 아닙니다, 감사합니다."와 같은 인사치레만 반복하다가 눈치껏 자리를 피했다. 그뿐이 아니다. 일평생 강원도를 떠나 본 적이 없다던 한국인 관광객 손님 B는, "아이고 시상에~~ 밥 냄새 맡으니 좀 살겠네요. 제 딸이요, 유럽에서 한달살이인가 뭐시긴가를 하자고 해싸서 뭣도 모르고 따라왔는데요. 일주일은 그런대로 참겠더라고요. 근데 열흘쯤 되니까 글씨~ 이건 뭐 빵 냄새만 맡아도 속이 막 부대끼는 거라요. 역시 한국 사람은 쌀을 먹어야 한다니까요. 빈말이 아니라, 사장님 참말로 좋은 일 하십니다. 여기가 한국이지 뭐예요~" 라는 말로 정겨운 인상을 남겼다.

손님들은 떠나갔지만 그들이 남긴 메시지는 좀처럼 사라지지 않았다. 차곡차곡 쌓인 응원의 말들은 커다란 위로가 되어, 마침내 웅크려 있던 해국을 일으켰다. 오랜 시간 해국의 가슴속에 자리했던 구멍 하나. 세상은 그걸 '결핍'이라 부르는데, 해국의 경우는 물리적인 공간에 대한 결핍과 정서적인 공간에 대한 결핍이 있었다. 있어야 할 것이 없어지거나 모자라서 생기는 마음의 골은 처음 발견했을 때는 영영 되돌릴 수 없을 것처럼 한없이 커다랗게 보이지만, 어느 순간엔가 메워지고 난 후에는 무슨 일이 있었냐는 듯 별 것 아니게 여겨지기도 한다. 메우기 전에나 메운 후에나, 분명 같은 크기의 구멍이었는데도 받아들이는 마음은 결코 같지 않다.

"그런데요, 사장님! '마민카'가 영어예요, 뭐예요? 여기까지 왔는데 식당 이름이 무슨 뜻인지는 알고 가야죠."

"영어는 아니고요. 체코어인데요. 체코말로 '엄마'라는 뜻입니다."

"네? 엄마요? 난 또 훤칠한 총각 사장님이 하는 곳이라서 꽃미남, 뭐 그런 뜻인 줄 알았네요."

"아... 감사합니다. 저희 어머니가 들으시면 좋아하시겠네요."

사람들의 눈에는 해국이 식당을 가꾸는 것처럼 보이겠지만, 사실은 그 반대다. 돌봄을 받고 있는 건 오히려 해국이니까. 마민카 식당은 해국을 살게 한다. 살고 싶게 한다. 그래서 다짐한다. 할 수 있는 한 오래도록 이 공간의 일부처럼 숨 쉬고 싶다고. 그저 머물러 존재하고 싶다고.

블타바강의 휴일

세상에는 태양의 영향력이 닿지 않는 곳이 의외로 많다. 도심 바닥에 즐비한 맨홀 밑이 그렇고, 음침한 지하 주차장이 그렇다. 지상도 지하도 아닌 반지하 카페가 그렇고, 지금 이 시각 해국의 방이 그렇다. 예시로 든 다른 장소들은 그렇다 치더라도 해국의 방은 어두울 이유가 전혀 없는 곳이다. 블타바강(Vltava River) 하류의 아침 윤슬을 볼 수 있는 3층 위치에 정동향으로 난 집. 연식이 100년이나 되는 건물이라 손 볼 데는 많지만, 입지 하나는 흠잡을 데가 없다. 층수도 이만하면 나쁘지 않다. 유럽은 층고를 높게 짓기 때문에 체감하기로는 4층 같은 3층에 있다. 그럼에도 해국은 이 집의 조망권을 전혀 누리지 못한다. 정확히는, 누릴 생각 자체가 없어 보인다. 그가 곤히 잠들어 있는 침대 헤드를 기준으로, 오른쪽 벽면의 80%를 차지하는 통창은 햇살 정도가 아니라 해를 통째로 들이고도 남을 정도이지만, 정작 해국은 태양을 등지고 숨어버렸다. 창을 가린 암막 커튼도 감쪽같다. 빛 한 점 새어 들어오지 않는 완고한 어둠이 창밖의 밝음을 기어이 밀어냈다. 그런데 뜻밖의 방해꾼이 머리맡에 숨어있다. 손바닥만 한 네모가 만들어 내는 요란한 진동벨 소리. 그 리듬에 맞춰 인공 불빛까지 번쩍거리는 통에 더는 버틸 수 없었다. 결국 이불 속 숨바꼭질을 끝내고 마침내 백기를 든 해국은,

"도브리이...덴... 아후…부브..."

전화를 받는 건지 잠꼬대를 하는 건지 도무지 해독이 불가한 소리가 해국의 입술을 타고 흐른다. 청자와 화자, 둘 중 누구도 온전히 파악할 수 없는 정체불명의 언어들이 스피커폰 너머로 퍼져나가고 있다.

"형! 이해국 사장님? 뭐야! 자는 거야?"

"으으응... 지호니?"

"그만 잠 깨고 얼른 문 좀 열어 봐~"

다그치는 듯한 지호의 목소리가 해국의 귓전을 때린다. 별안간 몰아치는 야단에, 간신히 눈꺼풀을 들어 올린 해국이 게슴츠레한 눈으로 현재를 본다. 익숙한 공간에서 맞는 익숙지 않은 상황. 건조한 손바닥으로 얼굴을 세차게 한번 쓸어내렸다. 거의 열두 시간 만에 침대와 몸을 분리시킨 해

국. 스피커폰으로 들려오는 지호의 음성을 한 발치 뒤에서 들으며 'Still Water'라고 적힌 500ml 유리병을 딴다. 벌컥 벌컥 단숨에 반병 넘게 흡입하고는,

"아~ 이제 좀 살겠다."

"뭐라고?"

"아냐, 아무것도. 근데 나 지금 가게에 없어, 인마..."

"알아, 휴일인 거~ 식당 아니고 집 앞이야. 형네 집. 추워~ 말 그만 시키고 문부터 열어줘!"

전화를 끊은 게 먼저인지, 아파트 공동현관용 인터폰에 있는 열쇠 그림의 버튼을 누른 게 먼저인지 알 수 없지만, 뭐가 됐든 해국의 손보다 빠른 건 지호의 발이었다. 해국이 잠깐 침실로 돌아가, 여전히 침대 위에 누워있는 전화기를 집어 올리려는 찰나에 다시 한번 벨이 울렸다. 이번에는 매트리스 정도가 아니라 집안 전체에 울려 퍼질 만큼 데시벨이 높다.

"아침부터 무슨 일이야. 이 정도면 무단침입급 아니냐, 너?"

"11시가 넘었는데 무슨 아침이야. 아, 아니구나~ 이 집은 아주 한밤중이네. 아우 캄캄해."

"벌써 시간이 그렇게 됐나. 11시든 12시든 쉬는 날인데 뭐 어때. 난 좀 더 잘 테니까 나갈 때 문 잘 닫고 나가라, 알았지?"

"금쪽같은 휴일을 이렇게 날린다고? 말도 안 되지~ 형 가게 문 열고 제대로 놀아본 적 없잖아. 얼른 씻어, 당장 나가게. 얼른얼른~."

지호의 입은 해국을 독촉하고, 지호의 손은 커튼을 채근한다. 창틀 위 천장에 아일렛형으로 달린 진회색의 암막 커튼은 보기보다 무게감이 상당해서 키 큰 장정도 한 손으로 걷어내기에는 무리다. 지호가 야무지게 두 손을 벌려 주름진 커튼을 힘껏 감아쥘 때. 해국은 같은 힘으로 두 눈을 질끈 감는다.

2월의 첫째 주 토요일, 두 남자는 결국 한 테이블에 앉아서 브런치를 먹는다.

"그래서 뭐 할 건지부터 말해 봐. 겨우 이거 먹자고 그 소동을 피운 건 아닐 거 아냐."

해국과 지호는 카렐교 전망을 가진 이름난 카페에 왔다. 잉글리시 머핀 위에 수란을 얹은 에그 베네딕트는 지호 앞에, 양이 1.5인분 정도는 돼 보이는 두툼한 아보카도 샌드위치는 해국 앞에 놓였다.

"겨우 이거라니. 음식만 먹지 말고 밖을 한 번 보란 말야. 프라하에서 가장 핫한 카렐교 뷰 맛집에서 누리는 이런 여유. 이런 호사. 얼마나 좋아! 자, 치얼스! … 앗, 뜨거~"

지호가 들어 올린 강렬한 레드의 커피잔 안쪽 가장자리에는 하얀 바탕에 검은색 서체로 'Julies Meinl'이 새겨져 있다. 체코어에서 'J'는 'ㅈ'이 아니라 'ㅇ'으로 발음하기 때문에 '율리어스 마이늘'이라고 해야 하는데, 해국은 몇 년을 살아도 고쳐지지 않는 부분이다. 한번 입에 붙은 규칙을 억지로 바꾸는 일이 이렇게나 까다롭다는 걸 인지하게 되는 순간이기도 하다. 아무튼 쥴리어스... 아니, 율리어스 마이늘은 이웃 나라인 오스트리아의 커피 브랜드인데 무려 150년 넘게 사랑받고 있다. 비결이 뭘까. 가장 눈에 띄는 단서는 브랜드의 이미지를 형상화한 심벌이다. 빨간 커피잔의 중앙을 차지한 흰색 심벌(symbol)이 해국의 시선을 길게 끌어당긴다. 길쭉한 모자를 쓴 사람의 옆태가 소녀 같기도 하고, 소년 같기도 하고, 하여간에 묘하다. 햇볕에 그을린 지호의 구릿빛 손가락들이 붙잡고 있는 블랙 손잡이는 마치, 심벌 마크 속 인물의 머리카락을 연상케 한다. 해국이 이런 생각들을 속으로 조용히 늘어놓는 동안, 지호는 잔에 담긴 따뜻한 에스프레소 룽고를 천천히 음미하고 있다.

"난 역시 아메리카노보다 룽고 취향인 것 같아. 확실히 맛이 깊잖아. 음~"

입술의 열감이 사라졌는지 아니면 그새 커피가 식은 건지 몰라도 지호가 한결 편안해진 얼굴로 잔을 내려놓으며 말했다.

"하여간 입은 고급이라니까. 보통은 구별 못 하던데."

카페인의 영향인지 몰라도 건조한 해국의 목소리가 한

결 나긋해졌다.

"그래도 커피 좋아하는 사람들은 다 알 걸. 따로 물을 타지 않고 머신 자체에서 샷을 길게 추출하니까 맛이 훨씬 풍미가 있지, 안 그래?"

커피 향보다 그윽한 어조로 동조를 구하는 지호와 조용히 잔을 입에 가져가는 것으로 대답을 대신하는 해국이다. 녀석이 말한 풍미는 잘 모르겠지만 짙은 황금색 크레마 때문인지 첫맛은 묵직한데, 산미는 약한 편이라 뒷맛이 깔끔하다. 보통은 이럴 때 "맛있다."라고 할 테지만, 어째서인지 해국은 그렇게 직접적인 표현을 쓰는 데에 인색하다. 마음을 전하는 일에 어떤 알레르기라도 있는 사람처럼 군다는 걸, 누구보다 본인이 더 잘 안다.

"그래, 참. 진즉 물어본다는 게 깜빡했다. 그거 네가 한 거지? 뭘 어떻게 한 건지 몰라도 효과는 대단하더라. 어떻게 한 거야?"

"무슨 소리야? 한국말인데 왜 하나도 못 알아듣겠지... 내가 뭘 했다고?"

해국이 다시 물었다.

"너 아니야?"

"글쎄 뭐가? 좀 알아듣게 말해 봐."

지호도 장난기를 걷어내고 진지하게 되묻는다.

"다녀간 손님들 말이, 누가 인스타그램에서 식당 홍보를 하고 있다길래... 당연히 넌 줄 알았지."

"그래? 아~ 그래서 손님이 부쩍 늘었구나. 어쨌든 잘됐다, 형!"

"네가 아니면... 대체 누구지?"

해국은 미간을 살짝 일그러뜨렸고, 지호는 대수롭지 않다는 듯 말을 잇는다.

"그야 간단하잖아. 검색 하나면 끝날 일을 뭘 그렇게 고민해. 해시태그만 넣으면 답 나오잖아."

"해시태그?"

"진짜 아무것도 모르는 거야? 이 형 생각보다 더 심각하네~ 하... 이거 참..."

지호는 어깨를 축 늘어뜨리며 막막하다는 듯이 제스처를 취했고, 해국은 여전히 정직한 얼굴로 앉아있다.

"계정부터 만들어야 하는 거지?"

"지금 그걸 나한테 묻는 거지? 멋있다, 멋있어. 지금이 어떤 시대인데 홍보도 없이... 히야..."

"다 했냐? 묻는 말엔 언제 대답할 건데?"

"아, 뭘 물었지?"

"계정 말이야. 꼭 만들어야 하는 거냐고."

"그래, 계정... 형이 누가 하란다고 하는 사람이야? 그건 천연기념물 사장님께서 알아서 하시고, 난 그것보다 이 답답한 신사를 대신해서 발 벗고 나선 사람이 누군지. 그 대목이 너~~어무 궁금하단 말이지."

해국은 기대했다. 지호와 대화를 나누고 나면, 미제사건을 해결한 탐정처럼 개운해질 줄 알았는데, 오히려 더 꼬이고 있다.

"아, 형… 혹시..."

"혹시, 뭐?"

"짐작 가는 사람이 정말 없어? 손님 중에 여성 팬이 있을지도 모르잖아. 캬~ 역시 남자는 얼굴인 건가. 부럽다, 부러워. <u>으흐흐</u>."

"야! 그게 무슨... 어휴. 내가 말을 말아야지."

지호를 타박하긴 했지만 터무니없기는 해국도 마찬가지다. 실없는 농담 한마디에 떠올려버린 그 얼굴. 아주 짧은 순간이었지만, 방금 자신의 머릿속을 섬광처럼 스쳐 간 사람이 있다. 유난히 춥고 어두웠던 날. 그날 그 저녁에 다녀간 그녀의 모습이 해국의 전두엽 어딘가에 사진처럼 박혔다. 설마 그녀가? 무슨 까닭으로? 그럴 만한 개연성이 눈곱만큼도 없다는 걸 알면서도 해국은 자신도 모르게 수빈을, 수빈과의 시간을 불러낸다.

주말은 쉽니다

　자영업에 종사하면서 주말 장사를 하지 않는다는 건, 둘 중에 하나(일 가능성이 농후하)다. 심심풀이로 돈을 버는 괴짜이거나 영업처가 대한민국이 아니거나. 해국은 물론 후자에 속한다. 프라하에 있는 모든 식당이 주말 영업을 접는 건 아니지만 그렇다고 모든 밥집이 문을 여는 것도 아니다. 주말 영업을 하고 안 하고는 어디까지나 주인의 권한(당연한 얘기지만 어떤 세상은 당연하지 않게 흘러가기도 하니까)이다. 여기는 '손님이 왕'이 되는 한국이 아니다. '자본주의 앞에서 콧방귀 뀌는' 유럽이다. 이런 몇 가지 사실이 해국의 결심을 도왔다. 간혹 그런 걱정은 든다. 금요일 저녁, 가게 문을 닫으며 문 앞에 걸어둔 자작나무 안내판이 'CLOSED'가 아닌 'OPEN'이라 적힌 면으로 돌려져 있으면 어쩌나.

미처 소식을 듣지 못한 손님들이 공분하여 다시는 방문하지 않겠노라 이를 악물면 어쩌나. 뭐 이런, 해도 별 소용없는, 걱정을 위한 걱정들이 대부분인데… 덕분에 휴일 낮의 귀한 시간을 무용한 근심으로 종종 허비하게 되겠지만 그러면 좀 어떤가. 그럼에도 불구하고 '주말 휴업'은 잘한 일이라는 게 해국의 결론이다.

'쉬고 싶다….'

그해 봄날, 어머니의 발인식을 마치고 돌아오는 길에 만난 벚꽃길에서 맥없이 읊조렸던 말이다. 그때까지만 해도 '쉼'에 대해서는 한 번도 진지한 적이 없었다. 내세울 것 없는 집안에서 자란 평범한 사내아이. 말이 좋아 평범이지, 해국에게 있어 '평범'은 '잘난 애들 뒤에서 들러리나 서는 것'에 지나지 않았다. 넘치면 튀고 부족하면 눈 밖에 나니까. 있는 듯 없는 듯 그저 무난하게. 공부도 운동도 일도… 적당히 중간만 했다. 계속해서 보통의 부류에 속해 있을 수 있도록 언제나 양호한 수준을 유지해 왔다. 한국에서는 누구나 다 그 정도는 하니까 특별히 애를 쓰고 있다거나 유난히 열심이라는 생각 같은 건 하지 않았다. 24시간 손에 쥐고 사는 휴대전화처럼 배터리가 남아있으면 움직였고, 방전이 되면 쓰러져 잠이 들었다. 그래도 몇 시간 자고 나면 또 살아지니까. 또 움직여지니까. 그렇게 사는 게 잘 사는 거라고 믿어왔는데, 어머니를 보낸 그날 이후로는 해국을 둘러싼 모든 세계가 뒤집혔다. 자의도 타의도 아니다. 그러니까 그건 일종의 사고였다.

"질문 하나만 해도 돼?"

수란의 노른자가 터져 나온 에그 베네딕트의 마지막 한 조각을 입에 넣으며 지호가 물었다.

"아니, 뭔지 모르겠지만 정중히 사양할게."

해국도 앞에 놓인 아보카도 샌드위치를 관성적으로 씹다가 직관적으로 답을 던졌다.

"뭘 또 정중씩이나. 형은 진짜 사람 긁는 데는 뭐가 있다니까."

지호가 말끝에 웃음을 흘린다.

"질문이 뭔데? 묻지 말래도 물을 거 아냐. 넌 그런 녀석이니까." 라고 해국이 장난스레 되받는다.

"그렇지, 궁금한 건 못 참지. 형 처음 봤을 때부터 묻고 싶었던 건데 그땐 이렇게까지 오래 볼지 몰라서 그냥 넘겼거든? 그런데 이제는 좀 알아야 할 것 같아서. 그래서 말인데... 여긴 왜 온 거야?"

"......"

"그러니까 내 말은... 형을 여기까지 오게 만든 뭔가가 있을 텐데, 그게 뭔지 궁금해서."

어렵게 질문을 마친 지호가 침묵의 포물선을 그리며 해국의 입이 열리기만을 기다린다.

"음... 그러고 보니까 너한테 제대로 얘기한 적이 없구나. 말을 안 하려고 안 한 게 아니라, 처음엔 나도 이유를 잘 몰랐어. 왜, 그럴 때 있잖아. 어떤 말로도 설명되지 않는 상황 같은 거. 그런데 1년이 지나고 2년이 지나고... 시간을 좀 흘려보내니까 어수선했던 마음들이 서서히 정리가 되더라고."

"그랬구나. 역시 뭐가 있긴 있었어. 그래서? 지금은 답을 찾았고?"

"어느 정도는? 방금 네가 던진 질문을 회피하지 않아도 될 정도는 된 것 같아."

"음..."

오늘만큼은 지호도 보채지 않고 해국의 속도를 따라주기로 마음먹는다.

"... 인정하고 싶진 않지만, 도망치고 싶었던 것 같아. 그러면 좀 쉴 수 있을까 했거든."

"쉬고 싶었다고? 에이 설마..."

"진짜야."

"난 형이 돈 벌로 온 줄 알았는데? 누가 봐도 쉬러 온 사람의 태도는 아니잖아."

"쉬는 사람의 태도는 뭔데?"

"몰라서 물어? 표본이 여기 있잖아. 온몸에서 흘러나오는 나 유지호님의 이 관능적인 여유를 잘 보란 말이야~ 으호호."

"능글맞기는. 징그러워 인마."

해국은 정말이지 쉬고 싶었다. 다만 방법을 몰랐다. 쉬는 법에 관해서는 어디에서도 배워본 적이 없다는 걸, 스물이 훨씬 넘어서야 깨달았다. 불쑥 억울했지만, 그제라도 알아차리게 돼서 다행이다 싶었다. 삶에 정답 따위 있을 리 만무하지만 뭐가 됐든 톱니바퀴 위에 서 있는 소처럼 되기는 싫었다. 그런 마음이 피오어른 순간부터 걷잡을 수 없이 막막해졌다. 물론, 그럴싸한 정보들은 차고 넘쳤다. 2000년 이후로 한국에는 웰빙(Well-Being)이 열풍처럼 번졌다. 그건 뭐랄까... 어디에 좋은지도 모르면서 남들이 좋다니까 따라 먹는 건강보조식품 같은 것에 지나지 않았다. 어느 날 갑자기 심리학계에 급부상한 핫 키워드. 상업적으로 소비되는 트렌드. 허상만 있고 실체는 없는 현대인의 로망 같은 것이었다. 해국이 느끼기엔 그랬다.

"쉬는 태도라는 거 말야. 네가 보기엔 아직 부족하겠지만 여기 와서 많이 배우고 있어. 체코사람들이 왜 행복지수가 높게 나오는지 가까이에서 보니까 이해가 되더라."

"맞아. 체코뿐만 아니라 유럽인들이 대체로 좀 그렇지. 특유의 아우라가 있어. 느긋하고 당당하고, 흉내 낼 수 없는 내면의 자유로움 같은 건 진짜 부럽지."

해국에게는 지호도 부러움의 대상이다. 녀석이 가진 대

책 없는 자신감이 부럽고, 아무것도 하지 않아도 아무렇지 않을 수 있는 마음가짐이 부럽고, 도움이 필요한 이에게 먼저 손 내밀 수 있는 너그러움이 부럽다.

"한국 분이시죠? 무슨 일 있으신 것 같은데 괜찮으세요?"

지호를 처음 본 곳은 프라하성에서 서쪽으로 1Km 정도 떨어져 있는 스트라호프(Strahov) 수도원이었다. 언덕 위에 있는 수도원 산책로는 사시사철 아름다운 전망으로 유명한 곳이라, 해국도 첫눈에 반해버렸다. 하필 그곳에서 그 변을 당하기 전까지는 모든 게 완벽했다.

"그게... 지갑이, 지갑을,, 도둑맞은 것 같아요."

"지갑 말고 다른 건요? 여권이나 전화기 같은 건요?"

잎이 무성한 포도밭 옆으로 낙엽이 주단을 까는 계절이었다. 만인이 찾는 포토존에서 해국은 빈털터리가 된 채로 넋이 나가 있었고, 지호는 신혼부부를 대상으로 하는 스냅(snap)촬영 아르바이트에 여념이 없었는데... 그런 와중에도 자진해서 도움을 준 지호가, 해국은 두고두고 고마울 따름이다. 비록, 스트라호프 수도원에서의 기억은 소매치기로 얼룩져버렸지만 해국은 그날을 잊을 수가 없다. 그때 그곳에서 지호를 만나지 못했더라면, 하는 전제 같은 건 세우고 싶지도 않다. 프라하에 온 뒤로 가장 아찔한 날이었지만 그 덕에 지호를 얻은 셈이니까 차라리 잘됐다는 생각마저 들었다.

어쨌든 지호와는 첫 만남부터가 강렬하긴 했다. 그렇다 해도, 녀석과의 브로맨스가 이렇게나 오래 이어질 거라고는 예상치 못했다. 지호의 말처럼, 해국도 처음에는 이 만남에 별다른 의미를 두지 않았다. 버스나 지하철에서 만난 사람들과 속얘기를 나누거나 내일을 기약하지 않는 것처럼, 해외에서 스치는 인연도 같은 이유로 멀리하려 했다. 필요에 의해서 만났다가 때가 되면 헤어져야 하는 게 이방인들의 생리니까. 해국 또한 이곳에선 누굴 만나든 반쯤은 마음을 비운 채로 대했다. 그렇지만 지호는 달랐다. 형제는 없지만 만약 있다면, 혹 이런 감정이 아닐까, 한다. 내내 티격거리다가도 며칠 눈에 안 보이면 적잖이 서운해지는 기이한 존재. 꾸준히 얄밉지만 뜬금없이 애틋해지는 얄궂은 유형. 유지호. 해국은 지호를 이렇게 정의한다. 여기에서 한 가지 더 부연을 달자면…, '지호 옆에서는 조금은 숨통이 트인다. 사느라 바짝 당겨 놓은 고삐가 어느새 느슨해진다.'

보통의 겨울날

 고작 이틀 비웠을 뿐이다. 주말을 보내고 다시 찾은 일터는 별 탈 없이 안녕해 보인다. 식당 앞 골목길은 여전히 스산하지만 아침나절에 반짝 쏟아지는 햇살은 미리 온 봄처럼 따사롭다. 새삼스러울 건 아무것도 없다. 보통날처럼 날이 밝았고, 체코는 여전히 겨울 속에 있다. 결론적으로, 해국의 주말 휴업 선언은 (딴에는 비장했지만) 생각보다는 별 거 없이 지나갔다. 그렇다고 아무런 파장도 없었던 건 아니지만.
 "Hello! 여보세요? Do you speak Korean?"
 토요일 오후 다섯 시 경이었다. 아침부터 들이닥친 지호가 부엌 식탁 위에 흘리고 간 무라카미 하루키의 여행 에세이가 해국을 거슬리게 하던 참이었다. 그야 어디까지나 궁

정적인 의미로. 파아란 창공을 시각화한 표지 디자인과 '라오스에 대체 뭐가 있는데요?'라는 제목은, 요즘 식으로 말하면, 꽤 괜찮은 플러팅(Flirting)으로 다가왔다. 그 바람에 책장을 넘기기 시작한 해국이 14페이지 상단부에 있는,

'계절에 따라 마치 스위치를 누른 것처럼 바람의 방향이 바뀐다. 그 촉감과 냄새와 방향으로 우리는 계절의 추이가 새기는 눈금을 명확하게 느낄 수 있다. 나는 그런 실감 나는 흐름 속에서 나라는 존재가 자연이라는 거대한 모자이크의 한 조각에 불과하다는 것을 느낀다.'

라는 단락을 읽어 내려가고 있을 때 벨이 울렸고, 3초 정도 망설이다 전화를 받았다. 통화는 1분도 채 걸리지 않았다. 독일 드레스덴(Dresden)에서 체코로 넘어오는 중인데 한 시간 경 뒤에는 프라하에 도착할 것 같다고, 마민카식당에서 저녁식사를 하고 싶으니 4인 가족이 앉을 수 있는 자리를 예약할 수 있냐고 물어왔다.

"네, 그러시군요. 그런데 이번주부터는 주말 영업을 하지 않아서요. 멀리서 넘어오시는데 어쩌죠? 네, 그럼... 다음에 뵙겠습니다. 네네. 전화 주셔서 고맙습니다."

죄송하다는 말은 하지 않았다. 대신 고맙다는 말을 정중히 건넸다. 그 뒤로도 유사한 전화가 몇 통 더 걸려왔다. 그때마다 비슷한 말을 몇 번 더 반복하고 나니, 기운이 쭉 빠졌다. 어쩐지 주말이 훼손된 것만 같아서 씁쓸해졌다. 시간

을 빼앗겨서가 아니다. 거절이라는 거. 당하는 입장만 불쾌한 줄 알았는데 주는 자리에 서 보니 이 마음도 못지않게 불편하다는 걸 깨달았기 때문이다. 그렇다고 걸려오는 전화마다 "저기요, 손님. 제가 살면서 주말이라는 걸 제대로 챙겨본 역사가 없습니다. 평생 일만 하셨던 어머니를 보고 자라 그런지 저도 쉬는 게 잘 안되더라고요. 이제는 그렇게 살고 싶지 않습니다. 억만금으로도 살 수 없는 시간이 있다는 걸 저희 어머니가 알려주고 가셨거든요. 지금부터라도 제 인생에 휴식을 허하려고 하오니 이 점 양해를 바랍니다." 라고, 구구절절 읊어 댈 수도 없는 노릇이 아닌가. 그런다고 들어줄 손님도 없겠지만 설령 천사 같은 마음씨를 지닌 손님이 있다고 하더라도, 그건 너무 구차해서 싫다. 그러니 별수 없다. 주말에 걸려오는 전화는 더 이상 받지 않을 것이다. 그런데 이런 마음을 먹는 순간에도 전화벨이 울린다.

빰 빰빠밤 빰빰 빠. 해국의 전화벨소리는 영화 '록키'의 주제곡이다. <Eye of the Tiger>의 도입부를 벌써 몇 번째 듣고 있는지 모르겠다. 쉬는 동안 가게로 걸려오는 전화가 해국의 개인 휴대전화로 착신되도록 해 놓은 것이 실수였다. 돌아오는 주말에는 같은 후회를 반복하지 않겠노라 다짐하면서 무릎 위에 덮어놓은 책을 다시 펼쳐본다. 주말은 그렇게 흘러갔다.

"Dobre rano! 좋은 아침이에요~" 해국이 상기된 목소리로 명랑하게 말했다.

"어휴, 깜짝이야!" 에블린이 조금 놀랐다.

이웃에 있는 에블린의 세탁소는 해국의 방앗간이다. 방문은 항상 느닷없이 이뤄진다. 오전이든 오후든 손님이 뜸한 시간에, 갓 내린 라테 두 잔을 들고 불시에 찾아간다. 커피는 꼭 에스프레소 샷이 두 번 들어간 따뜻한 라테라야 한다. 체코사람들은 블랙커피보다 우유 든 커피를 선호하는데, 에블린 역시 '라테파'에 속한다.

"아주머니, 주말 동안 저 안 보고 싶으셨어요?" 해국이 커피 한 잔을 슬그머니 내밀며, 능청스럽게 묻는다.

"에구머니나. 그런 농담도 할 줄 알아?" 에블린이 익살스런 표정을 짓는다.

공간은 주인을 닮는다. 에블린의 세탁소도 그녀를 쏙 빼닮았다. 뽐낼 만한 장식 하나 없지만 어딘가 모르게 포근한 기운이 충만하다. 아이보리색으로 단장한 가게 내부는 보송보송한 솜이불을 연상시킨다. 카운터 안쪽에 서 있는 에블린의 어깨너머로 빙글빙글 돌아가고 있는 세탁물들. 그 모습을 가만히 지켜보는 것만으로도 개운해진다. 가게 공중에 은은하게 떠다니는 세제향도 정겹다. 수증기를 머금은 꽃향기가 해국의 후각 기관을 기분 좋게 간지럽힌다.

"그거 아세요? 이곳에 들어와 있으면요. 마치 온몸이 세탁되는 것 같아요. 어수선한 정신까지 말끔히 씻겨져 나가는 기분이라고요."

"거짓말 말어. 그렇게 좋은데 왜 도망갔어?"

"에이, 도망이라뇨. 정말 그렇게 생각하시는 건 아니죠?"

에블린 피셜, 일명 해국의 도망설(?)에 얽힌 전말을 밝히려면 얘기가 좀 길다. 때는 작년 여름으로 거슬러 올라간다. 당시에 에블린은 일손이 필요했다. 세탁소 일도 많은데 대가족 살림까지 챙기느라 더는 감당할 수 없는 과부하에 걸린 것이다. 며칠 고민하다 결단을 내렸다. '에블린의 세탁소에서 파트타임 직원을 구합니다' 라는 채용 공고문을 가게 앞에 내걸었다. 그때 마침 해국이 30보 쯤 뒤에서 그 광경을 지켜보고 있었다. 큰마음 먹고 계약한 식당 자리를 둘러보며 가게 이름과 인테리어 등을 구상하던 중이었는데, 이웃 가게에서 무언가 흥미로운 이슈가 발생했다. 해국은 관심이 생겼다. 에블린이 안으로 들어가길 기다렸다가 그녀가 써 붙인 공고문을 찬찬히 읽어보고는, 문을 열고 들어가서 이렇게 말했다.

"안녕하세요, 앞에 써 붙이신 걸 봤는데요. 직원을 구하신다고요?"

"네, 그렇긴 한데… 하시게요?"

"괜찮으시다면요."

"아… 저기… 이상하게 듣지는 마시고요. 제가 외국인과

일해본 경험이 없어서 솔직히 지금 좀 당황스러운데요… 음… 잠깐만요. 일단 차 한잔 마실까요. 카모마일 어때요?"

에블린은 젊은 동양 남자의 등장에 적잖이 놀란 눈치였다. 그럴 만도 한 것이, 체코는 다인종 국가가 아니다. 자국민의 비율이 80~90%를 차지할 정도로 단일 민족의 성향이 강하다. 프라하가 아무리 국제적인 관광도시라 해도, 이방인을 손님으로 맞는 것과 직원으로 들이는 것은 본질적으로 다른 문제일 수밖에 없다.

"어디에서 왔어요?"

"한국이요. 아, South Korea요."

"체코에 온 지는 좀 됐나 봐요? 체코말을 꽤 잘하네요."

"일하면서 배웠어요. 체코에 온 지 이제 2년 반 정도 됐는데요. 주로 레스토랑에서 일을 했거든요. 손님들 상대하면서 생존형으로 터득했죠."

"그래도 쉽지 않았을 텐데 의지가 대단하네요. 그런데 왜 여기서 일하려는 거죠? 그러니까 내 말은… 레스토랑에서 하던 일과는 많이 다를 거예요. 파트 타임이라 보수도 많지 않고요."

"솔직히 말씀드리면, 제가 식당 개업을 앞두고 있는데요. 바로 요 옆이라, 사장님도 잘 아실 거예요. 얼마 전까지 꽃집이었던 그 자리인데요."

"맞아요. 한식당이 들어올 거라고 들었는데, 그럼 그 집

주인이…?"

"네, 저예요."

"그럼 더 말이 안되는데요. 그런 분이 왜 여기서 일을 하겠다는 건지 모르겠네요."

"그게… 착오가 좀 생겨서요. 길어도 두어 달 안에는 개업을 할 수 있을 줄 알았는데 더 지체될 것 같아요. 꽃집으로 사용하던 곳을 식당으로 바꾸려고 하니 행정적으로 해결해야 할 문제가 많더라고요."

"그렇죠. 아무래도 조리시설이 들어가면 환기구 설치에 관한 기준도 지켜야 하고, 관공서 허가를 받으려면 시간이 꽤 걸리겠네요."

"네, 그래서 마음을 비우고 가벼운 아르바이트 자리라도 알아볼까 하던 차에 사장님이 써 붙인 공고문을 보게 되었어요."

"음… 상황은 알겠어요. 사실은 나도 직원을 쓰기엔 애매하고 혼자하기엔 버겁고. 딱 그런 상황이거든요. 몇 달만 숨통 좀 틔워줄 일손이 있으면 좋겠다 싶었는데 잘됐네요. 서로 부담 없이 각자의 니즈를 채우면 되겠어요. 이름이 어떻게 돼요?"

"해국. 이해국입니다."

"반가워요, 해국!"

해국과 에블린의 관계는 그렇게 맺어졌다. 세탁소 사장

님과 파트타임 직원의 연으로 시작된 것이다. 엄마 뻘 되는 체코인 사장님과 아들 같은 한국인 직원의 조합은 초반의 우려를 불식시킬 만큼 케미가 좋았다. 해국은 남다른 눈썰미와 특유의 부지런함으로 빠르게 일을 익혀 나갔다. 세탁물을 받을 때 옷의 안감을 들춰 옷의 재질을 확인하는 것부터 세탁 비용을 산정하는 방법과 세탁기와 세제의 사용법은 물론이고 단골 손님의 인상 착의와 이름까지 외우는 센스를 발휘했다. 에블린이 예뻐하지 않을 이유가 하나도 없었다.

"식당을 미리 계약해 둔 상태만 아니었다면 내가 무슨 수라도 써서 좀 더 눌러 앉혔을 텐데 말이야."

"저도 여기에서 일하는 동안 아주머니 도움을 많이 받았어요. 지금도 심적으로 얼마나 의지가 되는지 모르실 거예요."

덕분에 덜 적적하고, 덕분에 좀 살만해졌다는 말까지는 차마 하지 못했다. 그런 말까지는 아무래도 쑥스러우니까. 대신에 내일은 커피와 곁들여 먹을 수 있는 쿠키도 함께 준비해야겠다고, 속으로 작은 계획을 세우는 중이다.

"음~ 오늘따라 라테가 더 구수하네."

하면서 에블린이 흐뭇하게 웃다가, 이내 표정을 바꾸더니

"참! 요즘 어때? 효과는 좀 봤어?"

라고 뜬금없이 물어온다.

"네? 효과요? 무슨 말씀이신지..."

"내 정신 좀 봐. 내가 말을 안 했었나? 우리 딸이 꽤 알아주는 인플루언서거든. 그러니까 그게 언제였더라... 해국이 불고기하고 김밥하고 잔뜩 포장해서 가져다준 날 기억해?"

미간에 힘을 주며 기억의 회로를 되감던 해국이 잠깐의 침묵을 깨고 목소리를 낸다.

"아... 개업 기념으로 드렸던 거 생각나요."

"그걸 집에 가져가서 먹였더니 맛있다고 난리더라고. 지금껏 먹은 한식은 한식이 아니라나 뭐라나. 하여간 입소문 좀 내야겠다고 하더니 글쎄, SNS 반응이 핫하다던데?"

"아… 정말요?"

잃어버린 퍼즐의 한 조각을 찾은 얼굴 치고는 표정이 영 개운치가 못하다. 내심 수빈일지도 모른다고 생각했던 마음이 못내 실망스러운 해국은, 조심스레 한숨을 뿜는다. 물론 에블린은 안도의, 혹은 기쁨의 날숨 정도로 여기겠지만.

"저는 그런 줄도 모르고… 등잔 밑이 어두웠네요. 감사해요, 아주머니~"

"감사는 우리 딸한테 해야지. 그런데 정말 반응이 좀 있긴 있는 거야?"

"조금이 아니라, 많이요~ 요즘 제 얼굴 핀 거 보면 모르시겠어요? 하… 그나저나 이 은혜를 어떻게 보답하죠?"

에블린이 아직 다 꺼지지 않은 봉긋한 라테 거품을 흐뭇하게 내려다보며 말한다.

"라테 한잔이면 충분해! 걱정 많이 했는데 다행이다, 정말~ 우리 딸한테도 소식 전해줘야겠다."

"네~ 꼭이요."

"아니다, 그러지 말고 해국이 직접 하는 게 어때?"

초대는 단숨에 성사됐다. 돌아오는 주말에 가까운 지인들을 불러 홈파티를 열 예정인데 해국도 집으로 오라는 것. 에블린의 세탁소라면 문지방이 닳도록 드나드는 곳이지만, 집... 집이라... 선뜻 답할 수 없는 제안이었으나 그렇다고 거절할 수 있는 상황도 아니어서, 해국은 결국 수락하고 말았다.

별 거 없는 하루 끝에

눈 오는 수요일 저녁이다. 에블린과 약속한 주말이 사흘 앞으로 다가왔다. 해국은 지금이라도 못 간다고 말해볼까, 하고 망설이는 중이다. 애꿎은 냅킨 홀더를 카운터 탁상 위에서 탁탁거리면서 이런저런 핑곗거리를 찾아 헤메본다. 그러다가 어느 시점부터는 눈의 초점을 잃고 꾸벅 졸기도 한다. 파도처럼 밀려드는 졸음 탓에 고민을 붙잡고 있기가 쉽지 않은 모양이다. 그럴 만도 한 것이, 종일 엉덩이 한번 붙일 새도 없이 분투한 식당 주인에게 잠깐이나마 생각할 여유가 생겼다는 건, 문 닫을 시간이 가까워졌다는 얘기이기도 하니까.

계산용 포스기 화면에 조그맣게 떠 있는 현재 시각은 오후 7시 29분. 밤이라 부르기엔 이른 시간이지만 거리는 이미 한밤이다. 겨울날의 체코는 오후 4시만 넘어가면 슬금슬금 해가 기운다. 그래도 삶은 계속된다. 칠흑 같은 어둠 위에서 사람들의 스카프가 나부끼고, 하얀 눈꽃들이 춤을 춘다. 그 광경을 멍하니 지켜보던 해국이 창밖에 둔 시선을 거두어 출입문 쪽으로 옮긴 건… 식당 내부의 공기가 확연히 달라졌기 때문이다. 문 밖 처마에 걸린 풍경이 짜그랑 소리를 내며 리듬을 탄다. 그 소리가 잦아들 때 즈음, 그녀가 음성을 들려주었다.

"오는 길에 눈이 막… 흐흠~"

수빈이 가쁜 숨을 내쉬며 입을 연다.

"아, 네… 눈이… 아, 어서오세요~"

해국이 두서없이 인사를 한다. 당황한 얼굴로 눈을 두어 번 끔뻑거리며 수빈을 본다. 한참을 빤히 본다. 그러다가 갑자기 쿵~하는 소리를 내더니 "앗" 하며 신음한다. 무슨 일인지 왼쪽 허벅지를 세게 움켜쥐며 엉거주춤하게 멈춰 선다. 의자를 박차고 일어나 수빈 쪽으로 걸어 나오다가 탁상 모서리에 무르팍을 사정없이 부딪친 모양이다.

"괜찮으세요?"

수빈이 몸에 붙은 눈을 털어내다 말고, 다급히 물었다.

"아, 네… 아니요. 쓰읍, 좀 아프네요." 하고는 해국이 어설피 웃는다.

덩달아 수빈도 따라 웃는다. 웃음이 온기를 퍼뜨린다.

좀 전까지 한없이 고요했던 마민카식당에 다시 활기가 돈 는다.

"혹시 닫았을지도 모른다고 생각했어요."

"아, 그게... 라스트 오더는 8시까지 받고 있긴 한데요. 그나저나 시간이... 식사가 늦으셨네요?"

"조금만 더 늦었음 오늘도 헛걸음할 뻔했어요."

"오늘도,라면... 또 언제..."

해국이 관심 어린 눈으로 수빈을 본다.

"언제였더라, 점심때 한번 들른 적이 있는데요. 손님이 너무 많아서 그냥 돌아갔거든요. 낮에는 많이 바쁘시던데요?"

"그러셨구나. 전 또, 그날 음식맛이 별로여서 다시 안 오시나 했거든요. 그게 아니면, 그날 지호가 결례를 해서..."

"결례라니, 그럴 리가요. 유쾌한 분이던데요?"

"네, 너무 유쾌해서 탈이죠."

"오늘은 안 보이네요?"

"지호요? 불러드릴까요?"

"네? 아니, 그게 무슨… 그런 게 결례죠."

"농담이에요."

겨우 두 번째 보는 사이인데 이렇게 편안해도 되는 것일까. 수빈은 내심 신기해하고 있다. 가벼운 농담을 주고받을 만큼 스스럼없어진 해국과의 대화가 이상하게 싫지가 않다.

"아~ 배고프다. 주문 안 받으실 거예요?"

"맞다! 메뉴판! 잠시만요~"

해국이 전에 없이 덤벙거린다. 수빈은 그 모습을 잠자코 지켜보다가 차분히 시선을 돌린다. 편안한 눈빛으로 공간의 면면을 본다. 처음 받았던 느낌 그대로 여전히 아늑하고 따뜻한 분위기에 매료되고 있다. 귓가에 감기는 음악도 어딘가 모르게 마민카스럽다고 여기면서.

"오늘 선곡도 참 좋네요."

들릴 듯 말 듯 한 짧은 감상평을 남기고 지그시 눈을 감는 수빈을, 해국이 넌지시 바라본다.

"새 구두를 사야해."

"네?"

수빈이 감았던 눈을 다시 뜨며 묻는다.

"영화 제목이에요. 이 노래는 그 영화에 나온 주제곡이고요."

"새 구두... 새 구두면 혹시 파리를 배경으로 찍은 그… 아! 나카야마 미호! 맞죠?"

해국이 하던 일을 멈추고 수빈을 돌아본다. 손에 들린 메뉴판과 물 한잔을 그녀 앞에 얼른 놓아주고는, 이내 카운터로 돌아가 분주히 움직인다. 그러는 사이, 노래가 잠시 끊겼고 몇 초간의 정적이 흐른다. 수빈은 말없이 기다린다. 해국이 접속한 음원사이트의 재생목록 리스트에는 서른여섯

곡이 들어있다. 그중, 방금 수빈과 함께 들은 <Menuet K. 1_piu mosso>를 우선순위로 올려 다시 처음부터 재생시킨다. 해국은 흡족한 얼굴로 리듬을 타다가, 커다란 손을 움직여 스피커의 볼륨을 조금 더 크게 키운다. 해국은

"제목이 좀 길어요."

하면서 수빈에게 폰을 내밀었다.

수빈은 "와, 어렵네요."

하고 말을 받은 후에도, 한참을 눈을 떼지 못하고 제목을 익힌다. 수빈은 해국의 전화기 속에 있는 난해한 노래 제목을 들여다보고, 해국은 그런 수빈을 본다.

"'piu mosso'는 클래식 음악용어인데요. 보다 매우 빨리. 뭐, 그런 뜻이래요."

"그렇구나. 그러고 보니 귀에 익어요. 한번 더 들으니까 희미했던 기억이 확 살아나는 것 같아요. 아름다웠던 영화 속 장면들이 깨어나는 기분도 들고... 고마워요."

"뭐가요?"

"잠든 기억들을 되살려줘서. 그리고 오늘 저녁밥도 미리 고맙고요."

"아! 밥! 미안해요. 배 많이 고프죠? 저기... 메뉴 아직 못 골랐으면 셰프가 추천하는 특식은 어때요?"

수빈이 갸우뚱한 얼굴로 메뉴판을 이리저리 살핀다. 하지만 널따란 지면 어디에도 '특식'이란 글자는 보이지 않는

다. 해국은 그 모습을 물끄러미 보면서도 별다른 말이 없다. 강직하게 다문 입으로 엷은 미소를 보내고는 조용히 메뉴판을 거두어 주방으로 향한다. 묘한 기대감과 설익은 설렘이, 두 남녀의 마음을 어지러이 휘감는 저녁이다.

새 구두를 사야해

 수빈이 어두운 골목길에서 밤하늘을 올려다본다. 희고 가는 손가락들을 펼쳐 손바닥이 하늘로 향하도록 높게 들어 올린다. 밤새 쏟아질 줄 알았던 눈이 그새 그쳤다. 온통 까만 어둠 속에 있으니 이곳이 프라하인지 서울인지 도통 아리송하다. 저녁으로 따뜻한 한식을 먹었고, 식사 시간 내내 한국말만 주고받았다. 그렇게 두 시간이 눈 깜짝할 새에 증발해 버렸다. 어느덧 밤 10시. 세상은 죽은 듯이 고요하고 눈앞에 이 남자는 사부작이 그 고요를 깬다. 식당 안팎으로 소등을 마친 해국이 짤랑거리는 열쇠꾸러미를 바지 오른쪽 호주머니에 찔러 넣으며 수빈이 있는 곳으로 걸어 나온다.
 "춥죠?"
 "생각보단 별로. 속이 든든해서 그런가 봐요."

"배 꺼지면 금방 추워질 거예요. 타세요, 바래다 드릴게요."

해국이 자동차 리모컨을 누른다. 수빈이 몇 발자국을 걸어오는 동안 그는 재빨리 고개를 숙여 동승자석을 살핀다. 식자재 주문서를 끼워둔 가게 장부와 태블릿 PC가 빼꼼히 앉아있다. 대시보드를 열어서 슬쩍 집어넣고는 수빈이 탈 수 있도록 몸을 한껏 뒤로 뺐다. 그러고 보니, 지호 말고는 처음이다. 낯선 여자가 나란히 앉는다고 생각하니 운전대를 잡기도 전에 양손에 땀이 맺힌다.

"저기... 주소가?"

"6구요. 프라하성 뒤편에 있는."

경쾌한 시동음이 출발을 예고한다. 전조등에도 불이 환히 들어왔다. 긴장한 해국은, 옆 좌석에서 눈치채지 못하도록 고개를 돌려 숨을 고른다. 몇 초 후, 두 사람을 태운 하얀색 CUV(cross-over utility vehicle) 차량이 좁은 골목을 미끄러지듯 빠져나간다.

"식사는 입에 맞으셨어요?"

"어떡하죠, 계속 생각날 것 같은데요."

더없이 흡족한 평이지만, 해국은 겸손을 잃지 않으려 말을 아낀다.

"그 정도는 아닌데."

"아니긴요. 곤드레나물밥도 그렇고, 굴전도 그렇고. 그런 재료들은 어디서 구하세요? 여기선 귀하잖아요."

"곤드레는 지난주에 한국 직구로 통관을 거쳐서 받은 거고요. 굴은… 전에 일하던 레스토랑에서 납품 받는 폴란드 업체가 있는데, 마침 오늘 들어온 물건이 괜찮다면서 조금 나눠 주신 거예요. 아시겠지만 체코는 내륙국이라 육고기는 흔해도 해산물은 구하기 어렵거든요."

"그렇더라고요."

"아, 저기… 궁금해하시는 것 같아서 말씀드린 거지, 생색 그런 거 절대 아니니까요. 부담 가지실 필요 없어요. 그러니까 제 말 뜻은…"

"생색 좀 내셔도 돼요. 너무 맛있었어요. 맛있다는 말로는 부족할 만큼."

"와아. 요리한 보람이 있네요."

"저야말로 찾아간 보람이 있고요."

"말이 그렇게 되나요? 여러모로 보람된 하루군요."

"덕분에요."

"그런데요, 수빈씨!"

"… 네?"

"오늘 드신 음식들은 메뉴에 없는 거라, 수빈씨만 알고 계세요."

두 사람 사이에 남모를 비밀 하나가 만들어졌다. 수빈은 일순 골몰해진다. '메뉴에도 없는 귀한 음식을 왜 나에게…'

라는 의문이 피어났지만 굳이 확인하고 싶지는 않다. 해국의 의도가 어떻든 그의 마음을 확인할 용기도 없을뿐더러, 지금 이 순간의 화기애애한 분위기를 흐트러뜨릴 배짱은 더더욱 없다. 수빈은 다만 자연스럽게 말을 돌려 해국과의 대화를 조금 더 이어보려 한다.

"뱅쇼는요? 뱅쇼는 진짜 소문 내고 싶은 맛이던데."

"그건 테스트용으로 끓여본 건데, 곧 메뉴에 올릴까 해요."

"반응 좋을 거예요."

"감사합니다."

"빈말 아닌데. 완벽한 저녁이었어요. 오늘 제 생일 할까 봐요."

"에이, 그 정도로 뭘요."

"진심이에요. 근 1년 간 먹은 음식 중에 오늘이 최고였어요."

양손으로 반듯하게 잡은 운전대. 일정한 톤을 벗어나지 않는 안정된 저음. 대체로 흐트러짐이 없는 태도의 해국이지만, 이 대목에서만큼은 숨기지 못하고 감정의 동요를 드러내고 만다. 수줍은 그의 광대가 차 안의 어둠을 뚫고 봉긋하게 솟아올랐다.

"감동인데요. 근데 진짜 생일은 언제예요? 그보다 나이가...? 아, 이런 질문은 실례죠."

"서른. 서른이에요. 사장님은요?"

"비슷해요. 스물아홉이요."

"… 아홉이구나. 젊은 사장님이네요."

"제 이름은 아시죠? 이해국. 그냥 이름으로 불러주세요."

"사장님이 입에 붙어서."

"그럼 편한 대로, 천천히요."

"그럴 게요."

잠시 대화가 끊겼다. 그 틈에 수빈은 조용히 창밖을 본다. 평화롭게 잠든 도시를 그윽한 눈으로 담다가 천천히 얼굴을 돌려 해국에게 시선을 보낸다. 불과 몇 분 전까지 앞치마를 두르고 음식을 나르던 그 남자와, 지금 옆에서 운전대를 잡고 있는 이 남자는 동일한 인물이 맞는 걸까. 맞다. 맞을 것이다. 그런 줄 뻔히 알면서도 자꾸만 확인하게 되는 건 무슨 심리인 건지. 수빈은 헤아릴 수 없는 감정을 파헤치는 대신, 침묵을 깨는 쪽을 택했다.

"아까 말한 그 영화요."

"새 구두를 사야해, 그거요?"

"네, 신기해서요. 그 영화. 평단에서 크게 주목받은 것도 아니고, 관객이 많이 든 작품도 아니잖아요. 아는 사람들만 아는 그런 영화를 알고 계시니까 신기하죠.

"게다가 남자들이 선호하는 장르도 아니고요?"

"그러니까요."

차 안팎으로 온통 어둠뿐인 데다, 해국은 여전히 전방을 주시하고 있어 표정을 살피기가 쉽지 않지만, 수빈은 금방 알아챌 수 있다. 그의 표정이 미세하게 변하는 것을. 상대방이 한 말의 의미를 놓치지 않으려는 그 진중함이 수빈의 마음을 미묘하게 끌어당기고 있다는 걸, 해국은 아마 짐작도 못하겠지만.

"왜요? 내용이 너무 말랑말랑해서요?"

"그렇기도 하고. 보통은 액션이나 스릴러, 판타지. 그런 쪽을 더 선호하던데."

"글쎄요. 케바케 아닌가. 그리고 장르보단 이야기가 우선이죠. 끌리는 스토리면 편식 없이 다 보는 편이에요."

"영화 많이 보시나 봐요."

"좋아하죠. 새 구두, 그 영화는 사실 별 기대 없이 보긴 했는데요. 보다 보니 점점 빠져들더라고요. 파리 로케이션 작품이라 영상도 아름답고 OST도 들을수록 중독되고요. 수빈씨도 보셨으니 아시겠지만."

이상하다. '수빈씨'라는 호칭이 처음도 아닌데 왜 새삼스럽게 두근거리는지 모른다. 수빈은 도리 없는 당혹감에 휩싸인다. 그럼에도 겉으로는 아무렇지 않게 보일 수 있는 건, 나이듦의 특권이리라. 최대한 감정을 숨기며 적절한 말로 타 넘어버리는 어른들의 기술은 이럴 때 꽤 유용하니까.

"알죠. 잔잔하게 시작해서 뭉클하게 끝나는 영화였어요. 그런데 파리 말이에요. 정말 그런 곳일까요?"

"무슨 의미예요?"

"그곳에선 누구든 아오이처럼 새 구두를 찾을 수 있을까, 뭐 그런 의미?"

"글쎄요. 수빈씨도 그래서 온 거예요?"

"네?"

"프라하에 온 이유요. 아오이가 파리에 간 까닭과 비슷한가 해서요."

"... 잘 모르겠어요. 새 구두를 찾으러 온 건지, 헌 구두를 버리러 온 건지."

가볍게 시작한 대화가 무겁게 끝났다. 그러는 사이, 밤의 장막도 더욱 짙게 내려앉았다. 20분 남짓 달려온 해국의 차가, 수빈의 집 앞에서 서서히 멈춰 선다. 차 안에는 여전히 의미심장한 기운이 감돌고, 밖으로는 서정적인 겨울 밤의 정취가 어린다. 노르무레하게 차오른 둥근 달이 방금 차에서 내린 두 사람을 은은하게 비춘다.

사사로운 과거

　시간은 결코 봐주는 법이 없다. 간밤에 무슨 일이 있었든, 없었든. 그런 것과는 무관하게 새벽이 온다. 수빈은 뜬 눈으로 어제를 건너왔다. 침대 끄트머리에 동그마니 앉아서, 끌어안은 두 무릎 사이로 얼굴을 묻는다. 무릎 밑으로 새어 나오는 엷은 숨소리만이 적막한 방 안의 공기를 흩트린다. 그대로 까무룩하게 잠이 들 법도 한데 그녀는 잠들지 못한다. 한동안 웅크려 있다가 천천히 고개를 들어 밖을 본다. 창가에는 맑은 이슬이 맺혔다. 그래서, 그런 것이다. 다른 이유는 없다. 이슬이 너무 청아하고 영롱해서, 그래서... 창에 비친 수빈의 눈가에도 그렁그렁한 물방울이 고인 것이다.
　"뭐야, 너! 진짜 숨어 살기로 작정한 거야? 어디야, 지금?"

지난밤, 해국을 보내고 막 집안으로 들어서던 참이었다. 한국에서 걸려온 부재중 전화가 8통. 문자메시지가 12개. 발신자는 수빈이 가장 믿고 의지하는 20년 지기 친구, 희은이었다.

"숨긴 내가 왜 숨어. 그냥 좀… 쉬러 온 거야. 알잖아, 내 상황."

"그럼 그렇다고 말을 하고 갔어야지. 걱정하는 사람들 생각은 안 해? 오늘도 연락 안 되면 실종신고 하려고 했다니까."

수빈은 당황도 변명도 하지 않았다. 오랜만에 희은의 잔소리를 들으니 오히려 개운해져서 실없이 웃음이 났다.

"야! 지수빈! 웃냐? 너, 정말..."

"그럼 울까? 나 이제 그만 울려고. 그래서 숨구멍 찾으러 온 거니까 걱정 안 해도 돼, 희은아. 나 괜찮아. 괜찮아지고 있어. 진짜야."

"하… 그래서 어딘데? ... 응?"

"체코야. 프라하."

"거긴 왜! 야, 거기 너희 신혼여행지였잖아. 너 설마 아직도..."

"아냐, 그런 거. 네가 염려하는 게 뭔지 알아, 아는데... 그 사람 못 잊어서 이러는 거 아니야. 그냥 시간이 좀 필요한 거야."

"정말 그게 다라고?"

"그렇다니까."

"저기 있잖아…"

시종일관 다그치던 희은이 무슨 일인지 뜸을 들였다. 무언가 중요한 말을 꺼내려는 듯, 깊은 한숨을 토해내며 힘겹게 운을 뗐다.

"있잖아, 수빈아…"

"난 네가 있잖아, 할 때가 제일 겁나더라. 뭐야? 무슨 일인데?"

"후우…. 이걸 전하는 게 맞는지 모르겠다."

"해, 그냥. 나 괜찮아지고 있다고 말했잖아. 응?"

"……"

"희은아?"

"아, 몰라. 어차피 알게 될 일인데 뭐. 너의 전남편이 글쎄…."

"그 사람이 왜?"

"이번 주말에 식을 올린 댄다. 재혼을 하신대요."

전남편의 재혼이라니. 수빈의 동공이 미세하게 떨리고 있다. 언젠가 벌어질 일이라고 예상은 했지만, 그 시기가 이렇게 빨리 찾아올 줄은 몰랐다.

"그래? ... 그렇구나."

"나원참! 이혼한 지 얼마나 됐다고. 아니, 그렇잖아~"
"희은아!"
"뭐? 그만하라고?"
"… 고맙다고. 너 지금 이렇게 화내는 거 다 날 위해서, 나 아껴서 그런 거잖아. 고마워. 내가... 무지 사랑하는 거 알지?"

울 마음은 없었다. 그런데 눈물이 났다. 수화기 너머로 들려오는 희은의 울먹이는 소리가 수빈을 끝내 무너뜨리고 말았다. 수빈은 입술을 꽉 깨물고 눈물을 삼킨다. 희은과의 대화는 그렇게 일단락되었다. 그로부터 삼십 분쯤 지났을까. 그제야 진정이 됐는지, 희은이 장문의 메시지를 보내왔다.

'마음 어느 정도 추슬렀으면 가족들한테도 생존신고 좀 해. 특히 어머니. 너 달랑 쪽지 한 장 남기고 사라진 뒤로 사흘이 멀다 하고 체크하셔. 너한테 연락 받은 거 없냐고. 힘든 거 아는데... 어른들 건강 해치실까 걱정이다. 거기 지금 밤이지? 일단 오늘은 아무 생각 말고 푹 자고 내일 다시 통화하자. 미리 말해 두는데, 또 잠수 타기만 해! 여차하면 이 언니도 확 비행기 탈라니까. 알았지? 보고싶다, 지수빈!'

진정 어린 희은의 문장들이 수빈을 다독인다. 수빈은 그녀가 보내온 걱정과 응원을, 읽고 또 읽는다. 누구 한 사람이라도 나를 지지해 줄 이가 있다는 것. 내 마음을 알아주고

내 편에 서 줄 벗이 있다는 것. 지금 수빈에게 이보다 더 힘이 되는 건 없다. 20년지기의 애정 어린 위로로 어느 정도 평정심을 되찾은 수빈은 '전남편. 그래, 말 그대로 과거가 된 사람이잖아. 이제 나와는 하등 상관없는 남일 뿐이야.'라고 마음을 정리한다. 그러자, 혼란스러웠던 머릿속이 한결 가벼워진다. 불과 5분 전까지만 해도 소파 위에서 망부석이 될 것처럼 요지부동이었는데, 마음이 동하니 몸도 따라 깨어난다. 수빈은 자리를 털고 일어났다. 답답하게 잠긴 목을 축이러 부엌 쪽으로 걸음을 옮기는데, 식탁 가장자리에 놓인 탁상 달력과 눈이 마주쳤다.

'우울한 사람은 과거에 살고,

불안한 사람은 미래에 살고,

평안한 사람은 현재에 산다.'

노자(老子)가 남긴 명언 한 구절이 하단 여백에 깨알 같은 글씨로 새겨져 있다. 그동안 미처 발견하지 못했던 글귀가 오늘은 왜 수빈의 눈에 띈 것일까. 수빈은 종이 달력을 빤히 본다. 달력은 단비가 새해 선물로 준 것이다. 지난달 초순이었다. 꼭 필요한 책이 있다면서 몇 날 며칠 한국 온라인 서점 사이트만 쳐다보고 있던 단비였는데,

"언니, 나 책 받았어. 이게 뭐라고 완전 신남. 근데 이거 두 번은 못 시키겠다. 국제특송으로 주문하니까 배보다 배꼽이 더 큰 거 있지. 암튼 그건 그렇고, 자! 이건 언니 꺼."

단비에겐 미안한 말이지만, 사실 수빈에겐 그리 달갑지 않은 선물이었다. 한국을 떠나온 그날부터 수빈의 시계는 멈춰 버렸다. 어제가 몇 월 며칠이었는지, 오늘은 무슨 요일인지, 내일이 주말인지 아닌지. 더는 그런 것들을 염두에 두지 않는다. 마음이 흘러가는 대로 순간을 살아갈 뿐이다.

수빈은 냉장고를 열어 차가운 탄산수를 한 병 꺼내 든다. 손아귀에 힘을 주어 세차게 뚜껑을 돌린다. 치이익, 하는 소리만 들었을 뿐인데 묵은 감정의 체기가 쑥 내려가는 것만 같다. 선 채로 몇 모금을 꼴깍꼴깍 들이켜고는 다시 달력을 본다. 부질없는 줄은 알지만 그래도 묻고 싶다. '우울한 사람은 과거에 살고, 불안한 사람은 미래에 산다는데, 그럼 나는 지금 과거에 사는 것일까. 미래에 사는 것일까.' 하고 자문한다. 현재에 살고 있지 않다는 건 너무도 자명해서 물어볼 가치도 없다고 생각하던 찰나에, 그에게서 연락이 왔다.

'잘 들어갔어요? 저도 방금 집에 도착했습니다. 좋은 꿈 꾸세요.'

해국이다. 해국에게서 온 첫 번째 메시지를, 수빈은 하필이면 이런 기분으로 받아 들었다. 답장을 하는 것이 예의인 줄은 알지만 지금은 도저히 그럴 마음이 서질 않는다. '불순한 감정을 담을 바에는 무례가 되더라도 답장을 미루는 편이 낫겠어.' 수빈은 이렇게 합리화를 하며 전화기를 내려놓는다.

아무래도 잠이 올 것 같지 않은 밤이다. 수빈은 식탁 한 귀퉁이에서 잠 자고 있는 노트북을 깨운다. 즐겨찾기 폴더에서 맨 아랫줄에 떠 있는 주소를 클릭하자, 눈 앞에 화려한 글 숲이 펼쳐진다. 글쓰기 플랫폼은 어느덧 수빈의 대나무 숲이 되었다. 야밤에 쓰는 글이 대체로 어떤 결과를 초래하는지, 수빈도 모르지 않는다. 아침이 오면 분명 후회할 것이다. 그럼에도 수빈은 노트북 자판 위로 두 손을 뻗었다.

해국은 욕실에서 아침을 연다. 면도를 하고 샤워를 한다. 시간을 따로 재어보진 않았지만 어림잡아 십 분이면 충분하다. 말쑥하게 씻은 후에는 젖은 타월을 어깨에 툭 걸치고 거울 앞에 선다. 세면대 자투리 공간 위에 올려 둔 애프터쉐이브 스킨을 열자, 묵직한 나무향이 습한 공기 사이로 빠르게 퍼져 나간다. 반쯤 쓴 스킨병을 뒤집어 살짝 오므린 왼쪽 손바닥 위에 톡톡 쏟아낸다. 맑은 액체가 손등으로 흘러내리기 전에 얼굴로 가져가 흠씬 두드린다. 해국의 하루는 거의 매일 이렇게 시작된다. 몇 년째 쓰고 있는 익숙한 스킨향으로 마지막 남은 졸음까지 쫓아버리고 나니, 지난 밤에 있었던 일들이 더욱 또렷해졌다.

'잘 들어갔어요? 저도 방금 집에 도착했습니다. 좋은 꿈 꾸세요.'

어젯밤, 해국이 수빈에게 보낸 문자 메시지 옆에는 '오후 10:42' 이라는 숫자가 작은 인식표처럼 붙어있다. 그게 처음이자 마지막 기록이다. 무슨 일인지 수빈은 답이 없었다. 간밤에 차 안에서 교환한 연락처에 혹시 오류라도 있었던 걸까. 그럴 리 없다. 수빈이 직접 눌러준 번호이기에 그럴 가능성은 제로에 가깝다. 그렇다면, 그녀는 왜 답을 하지 않는가. 몹시 궁금한 상태이지만 이대로 조금 더 기다려 보기로 한다. 누구에게도 부담스러운 존재가 되기는 싫다. 어떤 관계든 일방적인 건 모양새가 좋지 않으니까. 무엇보다 해국은 기다림도 배려라는 걸 아는 나이가 되었다. 지난날의 서툰 연애가 오늘날 그를 성숙한 남자로 성장시켰다.

오전 7시 23분. 만지작거리던 전화기를 멀찍이 내려 놓고 물을 데운다. 희고 얇은 무표백 커피여과지 한 장과 바디감이 좋은 케냐 산 원두를 꺼내 든다. 핸드 드립으로 따뜻한 모닝커피를 내리는 동안에는 혼자만 아는 과거로 간다. 감정만 앞섰던 그간의 만남들을 두서없이 떠올려 본다.

첫 연애는 열 여덟 겨울이었다. 집 근처 독서실에서 만난 그 애는 예고를 다니고 있었고, 작곡가를 꿈꿨다. 주말 오후에 독서실 앞에서 떡볶이를 사 먹으며 키득대다가 코인 노래방에서 그 애의 노래를 듣는 것이, 그 시절에 할 수 있는 최선의 데이트였다. 첫 키스도 그녀와 했다. 그날도 코스처럼 노래방에 갔고, 그녀가 마지막 곡을 열창하는 동안 어린 해국은 머릿속으로 부지런히 입맞춤의 시뮬레이션을 돌렸다. 드디어 마지막 소절이 끝나고 점수를 알리는 팡파르가 울려 퍼질 때, 마이크를 내려놓는 그 애에게로 냅다 돌진했는데 '아얏!' 하는 비명 소리와 함께 폭소가 터져 나왔다. 그러니까 그건 일종의 박치기였다. 입맞춤이 되고 싶었던 입술 박치기 말이다. 그래도 거기까진 괜찮았다. 그 애에게 다른 남자친구가 있다는 걸 알아차리기 전까지는 모든 게 괜찮은 줄로만 믿었다. 결국 꽁냥꽁냥한 첫 사랑의 기억은 배신으로 변질됐다. 그 뒤로 몇 번 더 새로운 사랑이 찾아왔지만 저마다의 이유로 생채기를 남기고 떠나갔다. 어떤 사랑은 지독하게 싸움만 하다 전소되었고, 또 어떤 사랑은 제대로 시작도 해보기 전에 작은 오해로 멀어졌다.

    물론 순조로운 연애도 있었다. 해국에게 가장 긴 연애사를 안겨준 그녀는 해국과 같은 9급 공무원이었다. 나무랄 데 없는 외모와 성격. 빠지지 않는 집안과 학벌. 그에 반해 해국은 고졸 출신 공무원이었고, 내세울 집안도 자랑할 만한 학벌도 없었다. 결과는 뻔했다. 상대 부모의 반대에 부딪혀 보기도 전에 해국의 자격지심이 이별을 종용했다.

    그렇다고 지난 연애가 모두 무의미하다거나 흑역사라거나 영 지우고 싶다거나. 그런 종류의 패배감은 아니다. 그렇지만 어쩔 수 없이 씁쓸하다. 해국은 깊게 한숨을 내쉬며 커피잔을 입으로 가져간다. 다행히 커피는 실패하지 않았다. 추억을 음미하며 마시는 홈커피도 나쁘지 않다고 셀프 위로를 하고 있을 때, 잠잠하던 전화기가 부르르 몸을 떨었다.

'답이 늦었죠, 죄송해요. 좋은 아침 되세요.'

수빈의 고운 음성과 부드러운 억양과 말할 때 짓는 특유의 표정 같은 것들이 그녀가 보낸 메시지 위로 겹쳐진다. 해국은 비로소 안도한다. 복잡하게 꼬였던 마음이 수빈이 보내온 문자 한 통에 단순하게 풀려버린다. 갑자기 커피맛이 달게 느껴지는 건 역시 기분 탓이겠지만, 아무래도 좋다. 아무래도 좋은 아침이니까. 괜스레 찝찝할 뻔했던 출근길이 한순간에 상쾌해졌다.

에블린의 초대

친분의 정도. 그런 애매한 기준을 누구의 이견도 없이 원만하게 규정지을 수 있을까. 친하다고 느끼는 마음. 그것은 어디까지나 개인적인 감정의 영역이다. 감정이란 시시각각 변하는 것이기에 미더운 잣대는 아니지만, 그렇다고 머리에 맡길 일도 아니다. 관계의 밀도처럼 섬세한 문제를 만남의 횟수나 주고받은 문자의 개수 따위가 결정하도록 내버려 둘 수는 없지 않느냐고, 단비가 오늘따라 옷장에 걸린 옷들을 신경질적으로 넘기면서 목에 핏대를 세운다.

"언니 생각은 어때?"

옷장 끄트머리에 ㄱ자로 놓인, 화장대(랄 것도 없이 간소한 수납가구이지만) 의자에 걸터앉아 그 모습을 직관하고 있던 수빈은

"왜? 누가 또 깜빡이 없이 들이대? 아님 제멋대로 친하게 굴다가 은근슬쩍 발을 뺀다거나. 말해 봐. 어느 쪽이야?"

라는 말로 단비를 돌아보게 만들었다.

"아냐, 그런 거. 그렇게 경우 없는 사람은 아니라고."

"누가 있긴 있는 거네?"

"흐음. 그게 좀 애매해."

"애매하다니?"

"친한 것 같기도 하고, 안 친한 것 같기도 하고. 아직은 그런 관계라서 말야. 이게 진짜 헷갈리는 게, 같이 있을 때는 되게 친밀하게 느껴지거든? 그런데, 그때뿐인 거지. 좋은 감정이 계속 이어지지가 않고 툭툭 끊겨. 도통 속을 모르겠다니까. 휴."

수빈은 단비의 호출을 받고 502호에서 202호로 내려왔다. 초기 호출의 용건은 파티 의상 골라주기, 였는데 어쩌다 보니 분위기가 연애 상담 쪽으로 흘러가고 있다. 방금 전까지 옷장 속에 코를 박고 있던 단비는 아예 몸을 돌려 방바닥에 털썩 자리를 잡고 앉았다. 게다가, 이제까지 보던 눈빛이 아니다. 수빈은 사뭇 달라진 분위기의 단비가 어쩐지 걱정스럽다.

"단비야, 난 그렇더라. 어릴 땐 친구를 사귀는 게 마냥 신나고 즐거웠거든. 그런데 이 나이쯤 되니까 낯선 타인과 가까워지는 것만큼 겁나는 일이 없더라고."

"조심하란 말을 뭘 그렇게 어렵게 해. 알았어, 명심할게. 그런데 언니! 나도 뭐 하나 물어봐도 돼? 대체 누구야, 그 사람?"

"… 누구?"

"언니를 이렇게 비관론자로 만든 몹쓸 인물이 누구냐고! 내가 어떻게 해줄까? 응? 말만 해."

어이가 없다는 듯, 수빈이 배실배실 싱겁게 웃는다. 단비의 대책 없는 당돌함이 진지충(이라고 단비가 자주 쓰는 표현)인 수빈을 무장해제 시켰다.

"그대가 뭘 어떻게 해줄 수 있는데? 개그를 다큐로 받는 게, 이 언니 특기인 건 알지? 잘 생각해보고 질러라, 동생아."

"잠깐만. 그러니까 지금 그 말은... 언니도 뭐가 있긴 있다는 거네? 그렇지?"

수빈은 긍정도 부정도 하지 않았지만, 단비는 추측과 확신을 멈추지 않았다.

"와~ 킹받네. 그 사람 마음도 확 찢어발겨줄까? 언니가 이 지경인 건 알아?"

"아서라. 그리고 내가 왜? 어떤 지경인데?"

"몰라서 물어? 세상을 등진 비련의 여주인공. 딱 그런 아우라야. 기내에서 처음 봤을 때부터 그랬다고."

그러고 보니, 거울을 똑바로 쳐다본 게 언제인지 수빈은 기억도 잘 나지 않는다. 그제야 단비의 화장대에 달린 좁다란 타원형 거울에 눈이 갔다. 어깨 뒤로 축 늘어뜨린 진갈색 머리카락과 바른 듯 안 바른 듯 연하게 칠한 입술과 높지도 낮지도 않은 콧등과 의지없이 텅 빈 눈동자. 거울은 있는 그대로의 수빈을 말없이 보여준다. 그런 점이 두려워서, 가급적 멀리하고 싶었는지 모른다. 어디까지나 본능적으로 그런 것이기에 그렇다는 사실조차 인지하지 못했다. 언제부터인가 거울을 보는 일이 내심 불편해졌다는 것밖에는.

"백단비 양, 지금 한가롭게 남의 인생사나 들추고 있을 때가 아닌 것 같은데. 옷들 모셔 놓고 고사 지내나요? 적당히 챙겨 입고 나가자."

"그래도 명색이 파티인데 예의는 갖춰야지. 어디 보자... 오! 좋아! 이거 어때?"

이번에 고른 옷은 블랙 컬러의 벨벳원피스인데 소매와 치마 끝단은 블루톤의 실크원단으로 포인트를 주었다. 과하지 않은 튤립 넥라인도 멋스럽다. 튀지 않으면서도 우아한 느낌을 주는 디자인이다.

"그래, 이거 예쁘네."

"나 말고 언니! 내껀 이미 골라뒀지. 자, 시간 없으니 얼른 입어보세요, 네?"

"난 공주놀이 흥미 없는데. 저기... 나는 안 가면 안 될까?"

단비가 뾰로통한 얼굴로 실눈을 만들어 흘긴다. 양 볼을 빵빵하게 부풀린 수빈은 애써 딴청을 피우며 시선을 피한다. 보름 전부터 같이 가자고 신신당부를 하는 통에 마지못해 수락한 자리인데, 수빈으로서는 도무지 가야 할 이유를 찾을 수가 없어서 의욕이 솟질 않는다. 지금이라도 빠져나갈 수 있을까 하는 마음에 슬쩍 한 번 던져본 말인데, 역시나 소득은 없었다.

"알았어, 갈게. 대신 딱 이번만이다!"

"두고 봐. 꼭 이렇게 빼는 사람들이 더 놀다 가자고 보채더라. 일단 가보고 얘기하세요, 수빈 공주님."

"머릿수 채우러 가는 공주가 세상에 어디 있어. 너 시중 들라고 끌고 가는 거 누가 모를 줄 알고."

"이런! 들켰네? 쿄쿄."

"으이그. 백단비! 내가 널 어떻게 이기겠니~ 가만. 오늘 초대한 사람이 누구라고?"

해국의 차가 프라하 1구역에 진입했다. 낯익은 동네의 친근한 건물. 미색으로 칠한 아담한 4층 민박집이 있는 Vodičkova라는 거리에 차를 세웠다. 시동을 끄고 밖으로 걸어 나와 주위를 한 바퀴 둘러보는 해국은 '한인 민박 Yu 하우스'라고 적힌 앙증맞은 간판에 정감을 느낀다.

"눈썰미 좋은 사람 눈에나 보이겠는 걸. 그나저나 안 나오고 뭐 하냐, 유지호야~"

고개를 떨군 채로 바지주머니를 더듬거려 폰을 찾고 있을 때, 누군가 뒤에서 해국을 와락 껴안았다.

"아우 씨, 뭐야~"

"왜? 여자가 아니라서 실망했어?"

"야! 말이라고? 난 남자랑 백허그 같은 거 안 한다~."

"안아줄 여자도 없으면서 거참 되게 비싸게구네."

지호가 등에 메고 있던 백팩을 벗어서 가슴 쪽으로 고쳐 멘다. 지퍼를 찌익 내리더니, 주섬주섬 무언가를 꺼내어 해국에게 냅다 들이민다.

"자, 이거나 받아. 막 나서고 있는데 엄마가 형 갖다주라고 급하게 막 담으시잖아."

"뭘 나까지... 이게 다 뭐야?"

"녹용이랑 당귀, 황기, 감초 뭐 그런 거."

"참, 어머니 한국 다녀오셨다 했지?"

"응, 민박손님 걱정 말고 한두 달 푹 쉬고 오시라니까 이젠 여기가 내 집이다 하시면서 2주 만에 들어오셨어. 나이 드니 약이 제일이라면서 수화물 캐리어에 영양제랑 한약재랑 하여간 약만 한가득 들었더라니까. 아후~ 말도 마."

당최 이해를 못하겠다는 뉘앙스로 엄마 얘기를 한참 늘어놓는 지호를, 해국은 그저 아련히 본다. '나도 엄마가 살아 계셨다면 저런 넋두리를 하고 있을까' 상상하면서.

"형 요즘 손님 많다니까 걱정이 늘어지셨어."

"가게에 한 번 모시고 오라니까~. 엎어지면 코 닿을 거리인데 죄송하잖아."

"형 힘들다고 안된대. 우리 해국이. 우리 해국이~ 누가 들으면 형이 당신 아들인 줄 알겠네. 식사 대접은 됐고, 울 엄마 성의를 봐서 귀찮더라도 아침저녁으로 꼭 달여 먹어, 알겠지?"

해국은 지호를 통해서 가족이 주는 따스하고 뭉클한 정서를 오랜만에 느껴본다. 이역만리에서 홀로 타향살이 중이라 그런지, 작은 호의에도 쉽게 무너진다. 시큰거려오는 코끝을 보이기 싫어서 고개를 아래로 푹 떨궜다. 건네받은 지퍼백을 열어보며 잠깐 딴청을 좀 부리려는데, 지호가 손사래를 친다.

"열어보게? 난 반댈세. 냄새 장난 아냐. 그건 나중에 집에 가서 혼자 하시고요. 늦기 전에 빨리 출발하자. 에블린 아주머니 기다리시겠다~ 빨리빨리."

"호들갑은. 알았어, 타!"

때때로 성가실 때도 있지만, 많은 날 많은 순간에 지호는 해국을 이롭게 한다. 특히 오늘처럼 어색함이 예고된 자리라면 더더욱 그렇다.

"거의 다 온 것 같은데." 라고 해국이 낮게 속삭인다.

"저기 아냐? 끼햐~ 집 좋은데~." 하면서 지호가 목소리

톤을 높인다.

신나 보이는 건 지호뿐만이 아니었다. 룸 미러로 보이는 익숙한 실루엣의 두 여자. 멀리서 봐도, 주위가 어둑해도, 두 남자는 수빈과 단비를 단번에 알아챈다.

"어? 저분들은… 형! 맞지?"

해국은 차를 몰고 오는 내내 '혹시나' 하고 내심 기대했었다. 에블린이 알려준 주소가 공교롭게도 며칠 전 수빈을 데려다 준 바로 그 동네였기에.

"형, 차 좀 세워 봐."

"어? 어… 잠깐만."

지호의 성화에 못 이긴 척, 해국이 순순히 속도를 줄인다. 안전벨트를 풀고 동승자석을 빠져나간 지호를 뒤따라 해국도 차에서 내렸다.

"언니! 저기 좀 봐."

"어떻게 된 거야?"

"나도 모르지~ 나 아냐. 진짜 안 불렀다고."

"진짜 아니야?"

"진짜래두. 에~? 안 믿네, 안 믿어."

수빈과 단비는 두 남자가 차에서 내리는 순간부터 복화술로 대화를 주고받다가, 거리가 코앞까지 좁혀지자 아무 일도 없었다는 듯이 행동한다.

"오빠가 여긴 웬일이야?" 라고, 단비가 정확히 지호의 눈을 보며 물었다.

"뭐? 오빠?"

수빈의 눈이 둥그레졌다.

'오빠' 소리를 들은 건 지호인데, 그 말에 어쩔 줄 몰라 하는 건 수빈과 해국이다.

"응, 우리 친구하기로 했거든. 어제도 같이 놀았는데?" 라며 단비가 은근슬쩍 지호 옆으로 걸음을 옮긴다.

"아, 그게... 어디서부터 얘기해야 하나. 맞다! 얼마 전에 어학원에서 우연히 만났거든요. 나이도 비슷하고 해서, 그냥 편하게 말 놓기로 했어요."

라고 지호가 말을 보탠다.

수빈은 나란히 서 있는 지호와 단비를 보며, 집을 나서기 전에 단비와 나눴던 대화들을 종합해본다. 그 모든 이야기의 주인공이 유지호였다니. 우연히 어학원 앞에서 만나 올드타운을 거닐었다는 썰을 전해들을 때부터 이미 예상했던 전개이긴 하지만, 막상 눈으로 확인하니 지호보다 단비의 마음이 훨씬 더 커 보여서 그 부분이 괜히 마뜩잖다.

"야! 유지호, 너! 차 타고 오면서도 그런 말 없었잖아. 와... 수빈씨. 이 배신감을 어쩌죠."

해국이 넌지시 수빈에게 말을 건다.

"제 말이요. 둘 다 시치미가 아주…"

수빈은 자연스럽게 해국의 말을 받다가 뒷말을 흐린다.

지호와 단비를 놀리기 위해 '시치미'라는 표현을 쓰긴 했지만, 따지고 들면 수빈과 해국도 할 말은 없다. 마민카식당에서 둘이 오붓하게 시간을 보낸 날, 해국은 수빈을 집까지 태워주었고 연락처도 주고받았다. 만약 지호와 단비가 그 일을 알게 된다면 한술 더 떠서 큰 소리를 칠 게 뻔하지만, 다행히 아직까지는 들키지 않았다. 그렇지만 안심할 수는 없다. 수빈을 바라보는 해국의 눈빛이 예사롭지 않다는 걸 나머지 두 사람이 알아채는 일은 시간 문제다. 지금 이 순간에도 해국의 시선은 수빈에게 고정된다.

연한 퍼플색 롱코트 사이로 보이는 블랙 원피스에 붉은색 에나멜 구두. 펄이 들어간 금색 아이섀도에 피치색 립스틱과 실버 물방울 귀걸이로 멋을 낸 수빈. 그녀가 꽃처럼 웃는다. 해국은 그런 수빈의 모습이 낯설다 싶으면서도 자꾸만 눈길이 간다. 처음 그녀를 보았을 때, 무채색 의상과 무미건조한 표정에 이유 없이 마음이 쓰였다. 그랬던 그녀가, 오늘은 전혀 다른 차림에, 전에 없이 화사한 얼굴로 해국의 신경을 자극하고 있다.

"그런데 어디 가시는 길인가 봐요?"

수빈이, 해국과 지호를 번갈아 보며 묻는다.

"아시는 분이 홈파티에 초대해 주셔서요. 두 분은요?"

라고, 해국이 되물었다.

"아, 저희돈데. 바로 저 집이에요."

하면서, 단비가 손을 곧게 뻗어 에블린의 집을 가리켰다.

상황을 정리해 보면, 해국과 지호를 초대한 건 에블린이고, 수빈과 단비를 부른 건 에블린의 딸인 아델카라는 것. 더 엄밀히 얘기하면 에블린은 해국에게, 아델카는 단비에게 오라고 한 것인데, 각각 지호와 수빈을 파트너로 대동한 것이다. 덕분에 네 사람이 함께 파티를 즐길 수 있게 되었다. 그것도 황금 같은 토요일 저녁에.

"어서들 와요. 마침 딱 오븐에서 치킨을 꺼내려던 참인데 다들 먹을 복이 있네요."

에블린의 환대를 받으며, 해국의 일동이 정원으로 들어선다. 시간상으로는 저녁 여섯 시밖에 되지 않았건만, 하늘은 불을 끈 지 오래다. 어둠 속이라 집 외관을 구경하기는 쉽지 않지만 얼핏 보기에도 고풍스러운 느낌을 주는, 빨간 지붕을 덮은 2층 주택이다.

"단비! 와 줘서 고마워~"

주방에서 케이크를 만들다가 단비를 발견한 아델카가 원목 조리대 위에 생크림 주머니를 내려놓고 달려 나왔다. 아델카는 프라하 국립대인 카를로바대학교에서 금속공학을 전공한다. 나이는 단비보다 두 살 어리지만 그런 건 애초에 대수가 아니었다. 아델카가 다니는 대학교에 교환학생으로 와 있던 단비의 고등학교 동창, 규원이가 징검다리 역할을 해주었는데, 아쉽게도 지난달에 한국으로 돌아갔다. 그가 돌아간 후로도 둘은 정기적으로 만남을 가졌다. 단비와 아델카 사이에는 언어의 장벽이 비교적 낮은 편이다. 단비는 체코어 전공자이고 아델카는 한국어에 관심이 지대하기 때문에 둘은 놀라운 속도로 가까워졌다.

"여기는 내가 말한 수빈 언니!"

단비가, 아델카에게 수빈을 소개한다.

"반가워요~ 그런데 네 분이 어떻게 다 같이 오셨어요?"

라고 아델카가 묻자,

"나도 그게 너무 궁금한데."

라고 에블린이 맞장구를 친다.

"그게 말이죠…."

하고 해국이 입을 떼려는데, 에블린의 남편인 미칼이

"자, 그 얘기는 앉아서 천천히 들어봅시다." 하면서 거실 소파로 자리를 안내한다. 겨자색을 한 8인용 패브릭 소파 밑에는 보헤미안풍의 보드라운 양모 카펫이 깔려 있고, TV 진열장 맞은편 벽면에는 클로드 모네의 <생 라자르 역 Gare st. Lagare>의 모작이 걸려있다. 그림은 한 장인데 생각은 네 개로 흩어진다.

수빈은 멀어져 가는 기차에 올라탄 그 사람, 재혼이라는 새로운 출발선을 향해 떠나간 옛 연인을 떠올린다. 살다가 혹, 어디서라도 그를 마주하게 된다면… 어떤 표정을 지어야 할지, 잘 살라고 쿨하게 손이라도 흔들어야 할지, 그도 아니면 처음부터 몰랐던 사이처럼 냉랭하게 돌아서는 편이 나을지. 여러 가지 가정들을 늘어놓으며 눈으로 기차역을 거니는 중이다. 그 옆에 선 해국은 그림에 빠진 수빈의 옆 얼굴을 지그시 바라보다가, 언젠가 라디오에서 흘러나온 존박의 노래 <네 생각>의 가사를 속으로 흥얼거린다. '아침에 눈을 뜨면 네 생각이나'로 시작되는 유행가를 들으며 모네에 심취한 기억이 있다. '갈라진 골목길도 모네의 그림 같아' 라던, 사랑에 빠진 남자의 달콤한 고백 같던 노랫말을 남몰래 되뇌어 본다.

자유로운 영혼인 지호는 모네와 함께 파리로 간다. 작년 여름에 홀로 즐긴 파리 여행의 기억을 되살려 오르세 미술관(Musée d'Orsay)에 들어간다. 몽환적이면서도 생동감이 있는, 그래서 사람의 마음을 빼앗는 매혹적인 화가들처럼 자신도 긴 방황을 끝내고 예술가의 길을 걷겠노라 마음먹은 그날. 오랜 로망이었던 영화감독의 꿈에 불씨를 지펴 보기로 다짐한 그날을 조용히 불러들이는 중이다.

한편, 그런 지호의 속내를 알 리 없는 단비는 유명한 일화로 남은 모네의 패기에 대해 골몰한다. 밑도 끝도 없이 역장을 찾아가 "내가 당신의 역을 그리기로 결심했소. 오랫동안 나는 북부역을 그릴까 당신네 역을 그릴까 결정을 내리지 못했었는데, 이제 보니 당신의 역이 더 특색이 있는 것 같군요." 라고 배짱을 부리며 기세등등하게 붓을 들었던 모네를 추앙한다. 단비 자신도 모네처럼 열정적이고 주체적인 인생을 살겠노라며 그의 그림 <생 라자르 역> 앞에서, 마음에 단단한 깃발 하나를 세운다.

파티는 역시 좋았다. 에블린에게는 남편인 미칼, 딸인 아델카 외에도 네 명의 가족이 더 있었다. 아델카와는 아래로 일곱 살 터울이 지는 아들 마르셀로, 이혼하고 혼자가 된 시누이 크리스티나와 그의 아들 마틴. 여기에 노모인 친정 엄마까지 모두 일곱 식구가 한집에서 복닥거리며 살아간다. 요즘날의 한국에서는 찾아보기 드문 대식구인데, 여전히 가족 중심으로 살아가고 있는 체코에서는 흔한 풍경이라고 한다. 넘치는 식구도 모자라 반려견도 두 마리나 키우는데 한 마리는 래브라도 리트리버였고, 다른 한 마리는 스탠더드 푸들이었다. 처음에는 낯선 손님들의 침입에 바짝 경계심을 드러냈지만 다행히 오래가진 않았다. 언제 으르렁거렸냐는 듯 꼬리를 살랑살랑 흔들기 시작하더니 이내 바닥에 배를 깔고 누워서 엉덩이를 내어준다. 집안에는 체코어와 영어가 대중없이 섞인 대화들이 끊이질 않았고, 눈앞에는 쉴 새 없이 술과 음식(해국이 준비한 불고기와 단비가 구워 온 머핀도 포함)이 차려졌다. 미칼이 어느 틈엔가 다락방에서 기타를 꺼내 와, 체코의 전통음악을 연주할 무렵에는 분위기가 무르익을 대로 무르익어, 흥이 절정에 치닫았다. 한 명도 빠짐없이 파티를 즐겼고, 모두가 빈틈없는 행복감에 취했다. 비록 그것이 몇 시간 짜리 도파민에 지나지 않는다 하더라도, 강렬한 저녁 만찬의 파급력은 실로 대단한 것이어서. 해국도 수빈도. 지호도 단비도. 이날 이후로 어딘가 모르게 조금씩 더 친밀한 사이가 되었다. 서로의 앞을 가로막고 있던 보이지 않는 벽 하나를 허문 것처럼 그렇게.

파티, 그 후

2월의 마지막 날이 밝았다. 28일인 오늘은 화요일이고 낮 최고 기온은 2.7℃를 넘지 못했다. 오늘밤만 지나면 3월이 찾아올 테지만, 지호는 그에 관해선 어떠한 감흥도 없다. 달력 한 장 넘긴다고 해서 봄이 '준비, 시작!' 하고 달려들지 않는다는 것 쯤은 다년간의 경험으로 충분히 받아들였기에, 섣부른 기대는 품지 않는다.

"꼬리가 긴 북극여우 같아."

지호가 댄싱하우스 옥상 전망대에서 코를 훌쩍이며 말한다.

"나한테 한 얘기?"

당장이라도 공격에 들어갈 듯한 태세로 단비가 따져 묻는다.

"그런 소리 자주 듣나 봐?"

"뭐야, 해보자는 거야, 유지호?!"

"어허~ 어디 오빠 이름을 함부로! 떽!"

"서양에서 서양식으로 하겠다는데 뭔 상관. 갑자기 웬 유교보이 행세를 하고 그러실까, 안 어울리게."

"장난이야, 장난! 하아… 살벌하게 시린 이 공기와 저 광활한 풍경을 두고 하는 말이야. 너 말고 여기. 체코의 겨울이 딱 그런 느낌이라고."

"와보고 좀 놀라긴 했어. 체코가 이렇게 추운 나라인지 몰랐거든."

"놀라긴 아직 이른 것 같은데. 4월에도 함박눈이 온다면 믿어져?"

"에? 거짓말."

"내기 할까? 두고 보면 알지. 누구 말이 맞는지."

"만약 오빠 말이 맞다면 대체 언제까지 겨울이란 얘기야? 일 년의 반은 겨울이라니… 맙소사."

"그러니까 여기서 겨울을 나려면 북극여우의 태도를 배워야 해. 걔네는 있잖아. 겨울에 살아남기 위해서 추워지기 전에 미리 먹이를 저장한대. 또, 먹이가 부족한 곳에서 살기 때문에 뭐든 가리지 않고 잘 먹는 습성이 있는데, 여기까진 본능의 영역이니까 그렇다 쳐. 진짜 본받아야 할 점은 이런 게 아냐."

"아니라고? 그럼 뭔데?"

"러브. 북극여우들은 한번 짝을 지으면 대개 일생을 같이 한다는 놀라운 사실! 사랑의 의리로 지독한 추위를 견디는 거지. 대단하지 않아?"

호탕하게 웃다가 돌연 씁쓸한 표정이 되어 발 아래 세상을 굽어보는 지호. 단비는 그런 지호를 말없이 보다가 적당한 타이밍에 정적을 깬다.

"오빠는 북극여우도 아닌데, 무슨 수로 버텼어?"

"나? 나 말이야?"

웃음기를 뺀 지호가 담담히 반문한다.

"말도 제대로 못할 때부터 살았다고 했지?"

"그랬지, 어린이집도 여기가 처음이었으니까."

"그런데 한국말은 왜 이렇게 잘 해? 보통 그런 경우엔 언어도 현지화 되지 않나? 오빤 말야. 해외파 특유의 이질감이 부족해."

"어째 칭찬은 아닌 것 같은데. 증인이 필요하다면 당장이라도 확인시켜줄 수 있지."

바지 뒷주머니에서 폰을 꺼내든 지호가 '엄마'라고 저장된 번호로 전화를 걸려 하자, 단비가 펄쩍 뛰며 만류한다.

"뭐하는 거야! 진짜 거는 건 아니지?"

"뭘 그렇게까지 놀라. 친구 엄마랑 통화 안 해 봤어?"

"그거랑 이건 경우가 다르지~ 취소! 이질감 없다는 말

취소야. 하여간 진짜! 으휴. 나 놀리면 재밌어?"

"완전 꿀잼이지. 흐훗. 네가 가지고 있는 해외파에 대한 이미지가 뭔지 대충 알겠는데, 다 그런 건 아냐. 그걸 일반화 시키지는 마."

"그럼 이해시켜주면 되잖아. 일반화의 오류를 범하겠다는 게 아냐. 난 그냥 유지호라는 사람이 궁금한 거라고."

지호는 어디서부터 운을 떼야 할지 막막해진다. 자신의 언어 체계가 영어나 체코어로 완전히 기울지 않은 배경을 단비에게 이해시키려면 영어권과 비영어권에 대한 얘기부터 풀어야 할 것 같다. 영어권에 있는 해외파들은 학교 바깥에서도 말을 할 기회가 수두룩하다. 이웃집 꼬마와 버스 운전사 아저씨, 마트에 있는 할머니까지 모두 영어선생님이 된다. 그럼 체코는 어떨까. 국제학교를 선택하지 않는다면 영어를 배울 기회가 한국보다도 적다. 비싼 돈을 들여 국제학교를 다닌다고 하더라도 영어 노출 비중이 생각보다 높지 않다. 영어권에서 넘어온 교사들도 있지만, 과반수의 교직원은 체코 출신이기 때문에 온전히 영어만 사용할 수 있는 환경은 아니다. 그렇다고 현지어가 만만한가 하면, 글쎄. 체코어도 불어처럼 성별에 따라 격이 달라지는 어휘가 많아서 배우기가 여간 까다로운 게 아니다. 게다가 지호는 국제학교를 다녔기에 체코어를 정식으로 배우지도 않았다. 아주 형편없는 수준은 아니지만, 지호의 체코어 실력은 의사

소통에 큰 지장이 없는 정도에서 멈춰버렸다. 물론 이 모든 건 핑계라면 핑계일 수 있다. 그럼에도 불구하고 영어와 체코어를 유창하게 구사하면서 모국어까지 놓치지 않는, 비슷한 환경에서 자란 한국인도 있을 테니까. 아무튼 그 수퍼 엄친아가 유지호는 아니라는 얘기를 단비에게 잘 풀어서 설명하기란 쉽지 않기 때문에, 지호는 간편하게 화제를 돌리기로 한다.

"아후~ 날씨가… 춥지?"

지호는 도톰한 모직 바지에 양 손을 집어넣고 어깨를 한껏 웅크리고 있다. 보일 듯 말 듯 한 보조개를 슬쩍슬쩍 드러내며 피식 웃다가 주머니에서 손을 꺼낸다. 서너 걸음 정도로 벌어져 있던 단비와의 거리를 코앞까지 바짝 좁히더니, 슬며시 두 손을 올려 한순간에 단비를 긴장시킨다.

"뭐… 뭐…하게?"

금방이라도 풀어질 듯이 느슨하게 둘러져 있는 단비의 올리브색 캐시미어 머플러를 지호가 단정한 매무새로 야무지게 매만진다.

"됐다! … 좀 낫지?"

"어? 어…"

"춥긴한데 요 근래 본 것 중에 오늘 뷰가 제일 맘에 드네. 딱 3분만 더 보고, 안에 들어가서 몸 좀 덥히자. 괜찮지?"

지호가 하는 말에 단비도 반사적으로 고개를 끄덕이고는 있지만, 시선은 자꾸 딴 곳으로 달아난다. 민망함을 무릅쓰고 아무렇지 않은 척 그의 눈을 똑바로 쳐다보려 애를 써보는데, 그러면 그럴수록 몸과 마음은 더 격한 분열을 일으킨다. 유지호는 어떤 사람인가. 유지호와 나는 무슨 사이인가. 아니, 무슨 사이가 되고 싶은 것인가. 대략 이런 물음들을 떠올리다 보니 약속한 3분이 바람처럼 지나가버렸다. 훗날 누군가 단비에게, 그래서 댄싱하우스에는 가봤냐고, 정말 건물이 춤추는 연인의 모습처럼 생겼더냐고, 거기 옥상 전망대에서 내려다본 프라하의 전경은 과연 볼만하더냐고 묻는다면… 잠깐 우물쭈물 하다가

"꼬리가 긴 북극여우를 보는 것 같았지."

라고 말하지 않을까. 어쩌면 오늘 본 풍경 같은 건 새하얗게 잊을 지도 모른다. 하지만 머플러를 매만져주던 지호의 다정한 손길이라든지 블타바강을 굽어보던 그의 공허한 눈빛 같은 건 잊으려야 잊을 수가 없겠지. 지우려야 지울 수도 없겠지. 설령 유지호와 아무런 사이도 되지 못한다 하더라도 말이다.

"크~ 이제 좀 살겠다. 많이 추웠지?"

맞은편에 앉은 지호가 김이 모락모락 나는 커피잔을 내려놓으며 세상 행복한 표정을 짓는다. 그가 웃으면 단비도 웃고, 그가 커피잔을 들면 단비도 따라 든다. 미러링 효과.

자신이 호감을 느끼는 상대의 말투나 표정을 무의식적으로 따라하는 행위. 단비가 지금 그걸 하고 있다.

"아냐, 잠깐이었는데 뭘. 아~ 따뜻해. 이집 커피맛 괜찮다."

미러링. 자신이 그러고 있다는 걸 단비는 지금 막 자각하기 시작했고, 깨달음과 동시에 얼굴이 발갛게 달아올라서 자연히 머플러 쪽으로 손이 갔다. 얼굴의 홍조는 다른 무엇도 아닌 그저 머플러 탓이라고 핑계를 대야 하기에. 당장이라도 풀어버릴 심산이었는데 보드라운 촉감이 살에 닿는 순간 아차, 했다. 지호가 해 놓은 모양을 망가뜨리기 싫어서 결국 그냥 두기로 마음을 고쳐먹은 것. 그런 마음을 콩알만큼도 알아챌 리 없는 지호는, 애먼 일에만 관심을 쏟는다.

"근데 좀 수상하지 않아?"

"응?"

"형하고 수빈누나. 뭔가 이상한 낌새 같은 거 못 느꼈어?"

"무슨 낌새?"

"아니, 그게… 원래 그런 형이 아닌데 수빈 누나만 있으면 딴사람이 된단 말야. 내가 무슨 말실수라도 할까 봐 철벽을 치질 않나. 나원참 어이가 없어서. 진짜 둘이 뭐 있는 거 아냐?"

단비가 의자 등받이에 맡겼던 몸을 테이블 쪽으로 바짝

끌어당긴다. 자세를 고쳐 앉으며 턱을 괴더니 진지하게 되묻는다.

"왜? 그럼 안될 이유라도 있어?"

"있지!"

"뭔데?"

"이해국. 그러니까 형은! 내꺼라고, 내꺼! 우리가 이제껏 쌓아온 브로맨스가 있는데 나를 버리고 사랑을 찾아 간다고? 그건 안될 말이지. 안 그래?"

싱거운 지호의 말에 맥이 풀린 듯 다시 뒤로 몸을 보내는 단비. 오른쪽 다리를 왼쪽 무릎 위에 얹으며 미지근하게 식은 커피잔을 어루만지다가 지호의 얼굴을 찬찬히 뜯어본다.

"웃겨~ 둘의 우정이 얼마나 대단한지 모르겠지만 이 세상에 남녀 간의 사랑보다 힘이 센 건 없다고 봐. 더군다나 감정이 막 타오를 때의 스파크, 그 전율을 당해낼 수 있는 건 지구상 어디에도 없다고."

"그래 뭐, 거기까지는 인정. 그런데 말야… 어떤 사람이야?"

"수빈 언니? 뭐야, 뉘앙스가 호구조사 쪽으로 흘러간다?"

"뭘 그렇게까지. 그냥 아는 게 너무 없으니까. 그리고 너랑은 다르게 좀 어둡기도 하고."

"행여 무슨 사연이라도 있는 건 아닌가, 뭐 그런 뜻이야?"

"아니다! 형이 알아서 잘하겠지. 내 앞가림도 못하고 있는데 누가 누굴 걱정하겠어, 안 그래?"

다 식은 커피의 마지막 한 모금을 입 안에 털어 넣던 지호가, 자신을 뚫어져라 살피는 단비를 어리둥절하게 바라본다.

"왜 그렇게 봐?"

"오빠는 계획이 뭐야?"

"네가 보기에도 내가 한심해 보이는구나."

"스스로 그렇게 생각해? 그럼 실망인데."

"그게… 계획이 하나 있기는 한데 아직 말할 단계가 아니라서. 넌? 여기에 언제까지 있을 생각이야?"

"언제까지 있었으면 좋겠어?"

"돌아가기 싫구나?"

"몹시, 그렇지. 나 그냥 확 눌러앉을까?"

"얘가, 얘가… 해외살이가 만만한 게 아니란다. 이 어린 친구야~."

"데헷. 그러니까 오빠가 도와줘야지!"

한국으로 돌아가고 싶지 않다는 단비의 말은 결코 농담이 아니다. 지호에겐 어떻게 들렸는지 모르겠지만 단비는 지금 그 어느때보다 삶에 진심이다. 아침에 눈을 뜨면 미지근한 물 한잔으로 몸을 깨우고, 공복에 요가를 한다. 음악은 주로 뉴에이지. 아무런 가사 없이 멜로디로만 꽉 찬 곡들이 블루투스 스피커를 뚫고 나와 온몸을 부드럽게 이완시킨다. 어쿠스틱 카페의 'Last Canival'이나 'Long Long Ago'를 들으면서, 고요한 동네 풍경이 흐르는 창가 자리에 매트를 깔고 몸을 이리저리 늘어뜨리며 땀을 낸다. 10분만 투자하면 되는 일이지만 한국에 있을 때는 엄두도 내지 못했다. 시간이 없어서가 아니라 마음이 쫓겨서. 그리고 어쩐지 스스로에게 눈치가 보여서.

늘 어디론가 떠밀리는 사람처럼 발을 동동 구르며 살아왔다. 공부와 공부. 경쟁과 경쟁. 무엇을 위해 펜을 들어야 하는지도 모르면서 관성적으로 책을 펼쳤다. 무엇이 갖고 싶은지도 잘 모르면서 맹목적으로 경쟁을 벌였다. 주위의 대다수가 그렇게 살고 있었기에 마땅히 그래야만 하는 줄로 믿었다. 그 과정에 의심 같은 건 자라날 새도 없었다. 우등생 소리는 못 들었지만 모범생이 아닌 적은 없다. 숙제 한번 미룬 적 없고, 학원 한번 빠진 적이 없는데. 그럼에도 매번 뒤쳐졌다. 같은 교복을 입고 나란히 등교하던 친구들은 부지런히 앞으로 나아갔다. 그러나 단비는 잠시 걸음을 멈춰야 했다. 초등학교 6년, 중·고등학교 6년. 단비가 12년을 성실히 노력한 결과는 '재수'였다. 결국 또 공부. 결국 또 책상 앞. 어쩌면 이 굴레는 평생 벗어버리지 못할 수도 있겠다는 불길한 예감이 들기도 했다.

"뭘 하든 대학은 서울에서 나와야 하지 않겠니?"

비록 재수는 했지만 부모님이 바라시던 '서울에 있는 대학'에는 들어갔으니 된 것 아닌가.' 이제부터는 꽃길 좀 걸어도 되는 거 아닌가, 하고 느슨했던 적도 있었다. 하지만 단비가 기대한 판타지는 어디에서도 찾아볼 수 없었다. 외국어대학교 체코·슬로바키아어학과를 나와서 가질 수 있는 직업은? 배운 것을 온전히 써먹으며 살게 될 확률은? 다른 학우들도 같은 위기를 느꼈는지 몇몇을 제외하고는 대부분 학교 도서관에서 살다시피 했다. 캠퍼스의 낭만 같은 건 오래된 구전설화 같은 것이라며, 친구들과 우스갯소리로 넘기곤 했다. 대학은 치열했고 학생들 사이에 오가는 대화는 서늘했다.

속 모르는 사람들이 단비를 보면, 팔자 좋게 부모돈으로 유학까지 갔다고 하겠지만. 물론 아주 틀린 말도 아니지만. 보이는 것이 전부는 아니다. 재수하며 들인 돈이 송구스러워 대학생활은 오직 장학금을 향해 내달렸다. 입학금을 제외한 나머지 등록금은 성적장학금으로 해결했고, 그런 노력을 가상히 여긴 부모님이 졸업 전 어학연수를 먼저 제안한 것이다. 그런데 부모님은 아셨을까. 이곳에서 단비가 어떤 마음을 먹게 될지, 새로운 세상을 만난 단비가 어떻게 변해갈지를.

단비가 앞으로 어떠한 결정을, 그러니까 인생의 획을 바꾸게 될 중차대한 결정을 내리게 된다면, 거기에는 어떤 식으로든 지호의 존재가 영향을 미칠 것이다. 여기에서 말하는 영향력은 단순히 남녀관계의 감정만을 뜻하지 않는다. 지호와 있으면 보이지 않게 몸에 감겨 있던 쇠사슬이 스르륵 풀리면서 일종의 해방감 같은 것이 차오른다. 이런 것도 사랑이라 정의할 수 있을지는 모르겠지만, 분명한 건 지호에게 끌린다는 것이다. 틀에 박히지 않은 그의 모습이, 그의 사고가, 단비에게는 신선한 자극이자 구원이다.

물론 지호는 아닐 수도 있다. 내가 호감을 느끼는 상대가 나와 같은 시그널이면 더할 나위 없겠지만, 그것만큼 요원한 일도 없으니까. 만약 그렇게 어긋난다 하여도 달라지는 건 없다. 유지호. 그와 함께하는 이 시간이 설령 스치는 바람처럼 사라진다 하여도. 그렇다고 그 시간이 다 무의미한 것은 아니다. 단비는 이미 변하기 시작했고 앞으로 더 능동적으로 변해볼 결심이니까.

벽을 허물어야 할 시간

체코와 한국 사이에는 물리적인 거리만 실재하는 것이 아니다. 8시간의 시차. 두 나라 사이에는 여덟 시간의 벽이 있다. 한국에 있는 지인들이 점심밥을 먹을 때면 수빈은 이미 저녁 식사를 끝내고 맥주잔을 기울이거나 열 번이나 본 영화를 처음부터 돌려본다. 그러다 잠을 청하는 늦은 밤, 한국에 있는 사람들은 이불을 박차고 나와 새로운 하루를 맞이한다. 정확히 반대되는 생활이다.

"언니, 그거 알고 있었어? 3월 말부터 썸머타임 적용되면 시차가 한 시간 줄어든대. 드디어 이 지긋지긋한 겨울에서 벗어나는 건가. 우리… 여름에는 뭐할까? 언니는 어디 가보고 싶은 곳 없어?"

단비가 오지 않은 시간들까지 미주알 고주알 얘기할 때.

그럴 때마다 수빈은 대충 말을 얼버무리며 딴청을 피운다. 내일을 기약하는 일이 수빈에게는 부담이다. 약속. 그것만큼 부질없고 어리석은 일이 있을까.

"자기야. 나 먼저 출근한다! 이따 전화할게~"

서울에서의 아침은 늘 빠듯했다. 간밤에 더 일찍 스마트폰을 내려놓지 못한 걸 자책하며 애꿎은 머리털을 헝클어트리거나, 냉장고에서 아침밥을 대신할 요기거리를 뒤지다 반찬통을 엎거나, 버스를 놓칠까 봐 헐레벌떡 뛰다가 신발장 위에 두고 나온 카드지갑이 불현듯 떠올라 한숨짓는 아침. 혼자서 맞는 정신없는 아침에 신물이 날 때쯤 그와의 동거가 시작됐다.

결혼은 했지만 혼인신고는 하지 않았으니 그건 엄연히 동거가 맞다. 하나에서 둘이 되는 생활은 생각보다 적성에 맞았다. 대학에 들어가면서부터 시작된 수빈의 독립. 혼자서 지낸 시간이 길어서인지 집에 함께 있어 줄 식구가 있다는 것만으로 큰 위로였다. 슬기로울 줄 알았던 결혼 생활은 스물 여덟(다들 너무 이르다며 뜯어 말렸지만) 봄부터 시작되었다. 슬프게도 그 중 평화로운 시간은 딱 6개월이었다. 함께 산 지 반년쯤 지나자, 서서히 균열이 생겨났다.

"우리 결혼 약속할 때 나한테 뭐라고 했어? 가사 노동은 확실하게 분업하자며. 똑같이 밖에서 일하고 들어오는데 왜 나만 이러고 있어야 해? 이게 자기가 말한 평등한 결혼생활이야?"

처음에는 미세하게 실금 정도로 끝나는 줄 알았다. 하나였던 실금이 사방으로 퍼져 나가면서 균열은 이윽고 분열을 일으켰다. 집안일은 반반. 수입은 각자 관리. 생활비도 반반. 육아는 합의점을 찾을 수 없으니 무기한 보류. 손해보지 않겠다는 일념으로 수빈이 지켜낸 것들이다.

"헤어지자, 그게 맞는 것 같아."

그의 입에서 먼저 나온 헤어지자는 말을 수빈은 받아들일 수가 없었다. 폭언이나 폭행, 외도, 도박이나 게임 중독. 이혼은 이렇게 중대한 사유가 있을 때에만 성립되는 줄 알았다. 결혼에 대해 무지했던 것 만큼이나 이혼에 대해서도 아는 게 없었다. 1년 남짓한 결혼생활은 마치 밀물처럼 들어와 썰물처럼 빠져나갔다.

1월 21일 / K스토리 발행글의 댓글

'누가 제 얘기를 써 놓은 줄 알고 흠칫했어요. 저도 작년에 이혼했거든요. 처음에는 죽을 것 같더니 시간이 지날수록 숨 쉬는 것도 점점 편해지고, 눈물도 많이 잦아들고… 괜찮다,까지는 아니어도 죽겠다는 마음에서는 조금씩 벗어나고 있는 것 같아요.'

2월 8일 / K스토리 발행글의 댓글

'이혼은 남의 일인 줄만 알았어요. 저의 전남편도 평범한 사람이었거든요. 크게 잘나지도 않았지만 딱히 흠잡을 데도 없이 무난한 사람요. 그 편안함이 좋아서 결혼했던 건데 그렇다고 불화가 안 생기는 건 아니더라고요. 한동안은 그 사람 탓하기에 바빴는데 지금은 아니에요. 진심으로 그 사람이 행복하길 바라고 있어요.'

2월 19일 / K스토리 발행글의 댓글

'지금은 프라하에 계신 건가요? 프라하에서 쓰는 이혼 일기라니. 제목보고 혹 해서 들어왔어요. 신혼여행지였던 곳을 이혼여행지로 택한 그 마음. 처음에는 갸우뚱 했는데 읽을수록 설득되네요. 글을 읽는 동안 체코의 아름다운 겨울 풍경들이 눈 앞에 생생하게 그려져서 저도 그곳에 함께 있는 것 같은 기분을 느꼈어요. 오지랖인 줄 알지만, 불행한 마음과도 하루 빨리 이혼하셨으면 좋겠어요. 작가님의 새로운 내일을 응원합니다.'

얼굴도 모르는 불특정 다수가 수빈을 위로한다. 묵직한 공감의 언어로 수빈의 등을 토닥이고 쓰다듬는다. 개중에는 '그러게 뭣 하러 이혼을 했냐?', '님도 잘한 건 없는 것 같은데.' 라는 말로 심장을 찌르는 댓글도 심심찮게 섞여 있지만 그런 반응은 개의치 않기로 했다. 더 이상은 나를 사랑하지 않는 이들 때문에 아파하지 않겠다고, 수빈은 스스로에게 다짐했다.

몇 달 전, 온라인 플랫폼에 이혼 후기를 연재하겠다 결심했을 때만 해도 무엇도 바라지 않았다. 아무도 읽어주지 않아도 상관없다는 마음이었다. 그저 어디에든 쏟아내고 싶었다. 주체할 수 없이 흐르는 감정을 글로 비워냈고, 실제로 꽤 도움이 됐다. 다른 목적은 없다. 그저 치유를 위해 선택한 글쓰기이고 기대한 것 이상의 위로를 받고 있으니, 그걸로 충분하다는 생각이다.

수빈은 오늘도 오전 내내 글을 썼다. 밤에 쓰는 글은 담백하지가 못해서 되도록 낮 시간에 쓰려 한다. 오후 1시 13분에 새 글 발행. 한국 시간으로는 밤 9시 13분이 된다. 읽는 입장은 고려하지 않겠다고 했지만 구독자가 천명이 넘어간 이상 아예 신경을 끌 수도 없게 되었다. 구독자들 한 명 한 명에게 알람이 가기 때문에 너무 늦은 시간에 글을 올리는 건 민폐다. 그런 점을 고려해, 수빈은 아무리 늦어도 오후 한두시에는 발행 버튼을 누르려 한다. 오늘도 A4용지 네 장 만큼의 응어리를 글로 풀어냈다. 수빈이 불행을 덜어낸 자리마다 행복의 씨앗이 뿌려진다면 얼마나 좋을까. 그 날이 더디 오더라도, 언젠가 오기만 한다면, 지금 이대로도 나쁘지 않다는 마음이다. 수빈의 글을 읽고 공감의 댓글을 남긴 어느 독자의 말처럼 '괜찮다',까지는 아니어도 죽겠다는 마음에서는 조금씩 벗어나고 있으니까.

"추운데 안에서 기다리지 그랬어요."

헐레벌떡 뛰어온 해국이 가쁜 숨을 몰아쉬며 수빈에게 건넨 첫마디다. 두 사람의 뒤에는 '레넌 벽 (Leon Wall)'이

서있다. 해국보다 10분 먼저 도착한 수빈은 홀로 이 벽을 감상하면서 '세상의 모든 색을 다 뿌려 놓은 것 같네. 이 벽도 사연이 많구나.' 하고 둘러보던 중이다.

"걷는 걸 좋아해요. 한국에서 일할 때도 걸을 일이 많았고요."

해국이 미안해 할까 봐 둘러대는 말이 아니다. 수빈이 유럽에 와서 가장 반가웠던 건 공원이다. 두 발로 유유자적 걸을 수 있는 산책로가 도시 곳곳에 널려 있다는 건 분명한 축복이니까.

"아참, 무슨 일 했었는지 물어봐도 돼요?"

"비주얼 머천다이저."

"네? 다시요."

레넌 벽을 수놓은 수많은 그래피티(graffiti)의 생김을 살피던 수빈이 시선을 돌려 해국을 본다.

"VMD라고 못 들어봤죠?"

"브이엠디요? 아… 네. 미안해요."

"미안할 일은 아니죠. 보통은 다 비슷한 반응이에요. 특히 남자들."

"좀 쉽게 말해줄 수 있어요? 어떤 일인지."

"의류 브랜드 회사에서 일했어요. 각 지점을 돌면서 매장 점주 분들 만나는 게 일인데요. 브랜드 컨셉에 맞게 전시가 잘 이뤄지고 있는지 관리 차원에서 나가는 거죠. 새 상품 안내도 하고요."

"멋진데요?!"

"말로 해서 그런데, 직접 보면 그런 소리 안 나올 걸요. 중노동이라 길게 버티기 힘들거든요."

말을 끝낸 수빈의 시선이 다시 벽으로 향한다. 체코가 독재의 그늘에 있었음을 보여주는 명백한 증거가 눈앞에 서있다. 수빈은 비로소 깨닫는다. 과거의 상흔은 없애고 도려내야 하는 흉이 아니다. 아프고 못난 상처일수록 자주 들여다보아야 한다. 지난날의 잘못을 답습하지 않기 위해서도 그렇지만, 예쁘고 반듯하기만 한 건 진짜가 아니니까. 모나고 흉진 모습까지 포용할 수 있어야 진짜 사랑이라는 걸, 이 사연 많은 벽이 수빈에게 조곤조곤 말을 걸어오는 것만 같다.

"저는 공무원이었어요."

"아, 어쩐지 분위기가 좀…"

"어떤데요?"

"선입견일 수도 있는데 식당 주인의 단정함과는 결이 다른 단정함? 그런 걸 느꼈어요. 그런데 왜…?"

"직업이라는 게 그렇더라고요. 남들이 좋다는 일 말고 나에게 맞는 일을 해야 버틸 수 있겠더라고요. 공무원은 돌아가신 어머니가 원하셨던 일이에요. 형편이 어려워서 대학 갈 생각은 일찍 접었고요. 군 제대하고 2년 죽어라 책만 파니까 붙더라고요. 그때가 스물 넷이었어요."

"사회생활을 일찍 시작했구나. 그래서 성숙한 건가."

해국이 장난기 어린 표정으로 어깨를 추켜 세운다. 여럿이 함께 있을 때는 볼 수 없는, 둘이 있을 때에만 보여주는 익살스런 얼굴이다.

"몇 시지? 금방 또 들어가봐야 하죠?"

"아직 30분 정도 여유 있어요. 이렇게 농땡이 피우라고 브레이크 타임이 있는 거죠."

"마민카식당에 오시는 손님들은 알까요. 사장님의 이런 본모습을."

"아주 아주 인간적이죠? 팍팍한 것보다 낫잖아요."

에블린의 집에 다녀온 후로 이런 시간이 늘었다. 오늘처럼 브레이크 타임을 이용해 오후 3시부터 5시 사이에 한 시간 정도 짬을 내서 함께 걷거나, 차를 마신다. 주말에는 지호와 단비까지 불러서 다같이 나들이를 가거나, 그 둘의 눈을 피해 심야 데이트를 즐긴다. 친구라고 하기엔 너무 가깝고 연인이라고 하기엔 아직 부족한 그런 사이. 굳이 관계를 정의해야만 한다면 썸이 되겠지만, 해국과 수빈 둘 중 누구도 그 단어를 연상한 적은 없다.

"저기… 있잖아요, 수빈씨!"

"……"

수빈과 해국은 레넌 벽이 있는 곳을 빠져나와 조금씩 걸었다. 카렐교 위로 이어지는 돌계단을 밟다가 무슨 일인지 그 자리에서 선 채로 굳어버린 수빈.

"수빈씨! 왜 그래요?"

수빈은 말을 잃었다. 희은의 연락으로 그가 재혼을 할 거라는 얘기는 전해 들었지만, 귀로 듣는 것과 눈으로 보는 것에는 엄청난 차이가 있다는 걸, 지금 이 순간 여실히 체감하는 중이다. 바로 지척에서 하하호호 웃으며 다정한 신혼부부 한 쌍이 걸어온다. 수빈과의 거리가 좁혀질수록 웃음소리가 잦아드는 걸 보니, 마주선 그 사람도 수빈을 알아본 모양이다.

"왜 그래? 아는 사람이야?"

불과 얼마 전까지 수빈의 자리였던 그 자리. 그 남자의 옆자리. 그곳에서 다정하게 묻는 낯선 여자의 음성. 현실은 때로 그 어떤 비극보다 잔인할 때가 있다. 좁은 유선형 돌계단길 위에서 사고처럼 만난 네 사람. 찰나의 정적이 흘렀고, 결국 아무 말도 하지 못한 채 서로를 스쳐갈 뿐이다. 마치 처음부터 몰랐던 사람들처럼. 영원히 몰라야만 하는 사람들처럼.

"정말 괜찮아요?"

해국이 걱정스런 얼굴로 수빈의 안색을 살핀다.

"미안해요. 나 좀 이상했죠."

"아까 그 사람… 아는 사람인 거죠?"

"전남편이에요."

수빈은 일부러 태연한 척을 한다. 아주 일상적인 단어를 꺼내듯 무심하게. 해국의 눈에는 그게 더 거슬리지만.

"그런 스타일 좋아했구나."

"그게 다예요?"

"그럼요?"

"전남자친구도 아니고 전남편이잖아요."

"그게 왜요? 어쨌든 현남편은 아니란 거죠?"

"웃기려고 하는 말이면 실패예요."

"농담 아닌데. 전혀 아무렇지도 않다는 건 거짓말이니까 그런 말은 안 할게요. 맞아요, 놀라긴 했어요. 그런데 그 와중에 드는 생각은… 어쨌든 끝난 관계인 거니까, 그럼 된 거 아닌가."

"사람을 놀라게 하는 재주가 있네요."

"제가요? 수빈씨가 아니고요?"

딱딱하게 굳었던 수빈의 얼굴이 다시 조금씩 풀린다.

"나도 고백할 거 있어요."

"전부인 얘기인가요?"

"네? 하하. 아쉽게도 그런 쪽은 아니고요. 전 가족이 없어요. 아버지는 일찍 돌아가셨고, 외아들로 홀어머니 밑에서 컸는데요. 유일한 가족인 어머니마저 몇 해 전에 잃었거든요."

"그랬구나. 아직 기회는 있잖아요. 새로운 가족을 만들면 되죠."

"네. 그런데 방금 그 말. 내가 수빈씨한테 하고 싶은 말이기도 해요."

백년가약을 맺었던 남자가 헤어진 지 얼마 되지도 않아 다른 여자와 재혼을 했다. 게다가 많고 많은 신혼여행지를 다 놔두고 하필이면 또 프라하에 왔다. 이번에는 수빈이 아니라 새로운 아내와 함께. 그런데 그보다 더 기막힌 건 수빈 자신이다. 이쯤 되면 분한 감정이 집채만 한 파도처럼 요동을 쳐야 하는데, 기괴하게도 별로 타격감이 없다. 그 사실이 퍽 씁쓸하면서도 말할 수 없이 안도가 되는 건 또 무슨 마음일까. 그리고 그보다 이해국. 이 남자의 심리는 대체 무엇인가⋯ 바람이 분다. 여전히 차가운 바람이. 그렇지만 반짝 쏟아지는 오후의 햇살 속에 봄이 들었다.

시나브로, 봄

 계절의 변화는 실로 다양한 곳에서 일어난다. 불과 지난달까지만 해도 눈이 내렸다. 그것도 아주 펑펑. 지호가 말한대로, 체코에서는 4월까지 눈 구경이 가능하다. 흩날리는 진눈깨비 정도가 아니라, 온 세상 지붕을 다 덮을 듯이 떨어지는 함박눈. 그런 눈이 쏟아지던 게 바로 엊그제 일인데, 5월로 들어서자마자 거짓말처럼 하늘 표정이 바뀌었다. 언제 눈을 퍼 부은 적이 있었냐는 듯 말갛고 푸른. 영락없는 봄하늘이다.
 긴 계절의 터널을 지나오는 동안, 해국과 수빈. 지호와 단비. 그리고 그들을 둘러싼 환경에도 크고 작은 변화가 찾아왔다. 가장 큰 파장을 불러온 건 지호의 행방불명이다. 영영 끝날 것 같지 않던 겨울이 한순간에 꼬리를 감춘 것처럼,

항상 그 자리에서 실없이 웃고 있을 것 같던 지호가 어느 날 갑자기 종적을 감췄다. 그 사실을 가장 먼저 알아차린 건 단비였다.

"여보세요. 저 단비인데요. 지호 오빠랑 연락이 안되는데 혹시 무슨 일인지 아시나 해서요."

지호는 해국에게조차 귀띔 한 마디 없었다. 온데간데없이 사라진 지호의 공석은 그 어떤 것으로도 채울 수 없을 만큼 크고 공허하다. 처음엔 그저 여행이겠거니 했다. 워낙에 자유분방한 영혼이니 한 며칠 바람 쐬고 나면 돌아오겠지, 모두들 그렇게 여기며 기다렸다. 일주일이 지나고 보름을 넘겨도 감감무소식. 참다못한 해국이 한인 민박을 운영하는 지호의 어머니를 찾아간 건 바로 얼마 전의 일이다.

"그렇잖아도 언제 오려나 했어. 지호가 그랬거든. 한번은 찾아올 거라고. 지호 지금 파리에 있어."

녀석은 왜. 시답잖은 말은 그렇게도 잘하면서, 정작 중요한 얘기는 왜 하나도 하지 않았던 걸까. 지호는 꿈을 이루기 위해 파리로 떠났다고 한다. 파리8대학 영화학과에 들어가 영화감독의 코스를 밟겠다고 말이다. 해국은 정말이지 아무것도 몰랐다. 지호의 꿈이 영화인지. 아니 그것보다 그 녀석에게도 꿈이 있었다니. 다행이다 싶으면서도 한없이 야속하기도 하고. 그러다가 또 하릴없이 그리워진다.

"지호가 외국생활을 오래 했잖아. 친구를 사귀어도 늘

떠나보내는 입장이니까 어느 순간부터는 이별을 피하려고 하더라고. 9월에 학기 시작이니까 그때 돼서 가라고 해도 말을 안 들어. 말로는 미리 가서 적응해야 한다고 하는데… 더 정들기 전에 떼려는 것도 같고. 해국아. 걔가 덩치만 컸지 아직 애야."

지호가 사라진 후로 단비는 한동안 패닉 상태에 빠졌다. 좋아한다는 말 한 마디 못해봤는데 떠나다니, 이런 반칙이 어디 있느냐고 당장이라도 따져 묻고 싶은데, 그럴 상대가 없어졌다. 이럴 거면 댄싱하우스 옥상에서 머플러는 왜 묶어준 건지… 그 일만 생각하면 화가 머리 끝까지 치민다. 밥 사달라고 하면 군말 없이 사주고, 어학원 앞에서 기다리라고 하면 기다려주고. 남자친구도 뭣도 아니면서 그 말도 안 되는 요구들은 왜 다 들어준 거냐고 못된 말만 쏙쏙 골라서 면전에 대고 몽땅 퍼붓고 싶은데… 그럴 지호가 없다. 지금 단비가 할 수 있는 선택은 그저 기다리는 것 뿐. 물론 그냥 넋 놓고 남자만 기다리겠다는 얘기는 아니다. 유지호가 꿈을 이룰 동안 시간만 축내고 있을 단비가 아니니까. 체코어학과 전공자라는 장점을 살려 프라하 현지에서 취업할 수 있는 방안을 모색하고 있다. 이를 테면, 주체코 대한민국대사관의 빈 자리를 노린다든지. 체코에 있는 한국 기업에 문을 두드린다든지. 만약 그런 뒤에도 지호가 나타나지 않는다면, 그때는 파리를 통째로 뒤져서라도 꼭 찾아낼 작정이다. 그날을 위해 단비의 고백은 잠시 묻어두기로 한다.

유지호 찾기 소동으로 시작된 봄. 덕분에 수빈의 계획에도 차질이 생겼다. 원래라면 지금 수빈은 기내에 있어야 한다. 지난 겨울, 프라하행 비행기에 몸을 실을 때만 해도 자신했었다. 짧으면 3개월, 길어도 6개월은 넘기지 않을 거라고. 그 정도 시간이면, 모든 짐을 훌훌 털고 홀가분한 마음으로 돌아갈 수 있을 줄 알았는데 오히려 그 반대다. 여형제가 없는 수빈에게 단비는 시스터후드(Sisterhood)가 무엇인지 알려주었다. 자매가 있었다면 아마 이런 모습으로 지내지 않았을까 싶을 만큼. 에블린과 그녀의 가족들도 잃고 싶지가 않다. 진정한 가족애가 무엇인지 삶으로 보여주었고, 지난 겨울 에블린의 집에서 보낸 시간들은 한순간도 잊지 못할 것 같다. 그 뿐만이 아니다. 표나게 상냥하진 않아도 속정이 느껴지는 체코 사람들. 매일 아침 거실 창문으로 만나는 동네 풍경의 안온함과 늘 같은 빛깔로 프라하를 지키고 있는 빨간 지붕의 연대. 그리고 해국. 그를 두고 갈 수 있을까. 수빈과 해국 사이에 그 어떤 것도 확신할 수 있는 건 없다. 그래도 당장은. 그래도 지금은 아니라는 마음만 있을 뿐.

'혹시 글 쓰는데 방해한 건 아니죠? 저녁에 시간 괜찮으면 가게로 와요. 봄 시즌 메뉴로 내어놓을 거 하나 만들어봤는데 수빈씨한테 제일 먼저 보여주고 싶어서요.'

방금 해국으로부터 메시지가 왔다. 수빈은 잠시 뜸을 들이다가 답장을 적는다. '와인도 있나요? 그럼 생각해 보고.'라는 짧은 문장을 전송했다. 그러자 이번에는 메시지 수신음 대신 전화벨이 울린다. 수빈은 전화기를 귀에 대고 거실 창가로 가 창틀에 몸을 기댄다. 그러고는 가만가만 그의 음성을 짚어본다. 봄의 햇살처럼 보드랍고 반짝이는 소리를.

마민카 식당에 눈이 내리면

초판 1쇄 발행 2023년 12월 25일

지은이 조수필

펴낸이 김영근
책임 편집 김영근
마케팅 김영근
디자인 강초원
펴낸곳 마음 연결
주소 경기도 수원시 팔달구 인계로 120 스마트타워 1318
이메일 nousandmind@gmail.com
출판사 등록번호 251002021000003

ISBN 979-11-93471-01-2
값 16,800원